Seba・蝴蝶

Seba · 蝴蝶

蝴蝶館 83

沈默的祕密結社

蝴蝶Seba◎著

elegantbooks

目次

沈默的祕密結社

之一 大儺

聽說我們「沈默」這個祕密社團的初代學姊是個非常了不起的人物。她不但能夠溝通鬼神，還有著非常強大的金翅鳥式神，外號是「靈異少女林默娘」。

簡單說，根本就是少年聖后（我們社團都這麼喊媽祖娘娘）或者是少年陰陽師那種人物。

是她將月長石交給我們二代學姊的，然後一路傳下來。據說我們「沈默」的學長學姊之中，頗有異能者，很發揚光大過。

可惜傳承了十五年，傳到我們這代……

嘆了口氣，我打開辦公室。一個可怕的面具冒了出來，上面還有四個眼睛，沒貼好的錫箔紙隨風飄。

「……你們在幹嘛？」我看著小辦公室裡一片兵荒馬亂，帶我入社的學姊正在設法往浴衣裡塞棉墊，下襬短得幾乎遮不住褲子。另一個學長正在埋首縫圍裙。

「準備CWT啊！」他們異口同聲。

角落兩個和我同年級的同學正在拍兩只破鼓，音樂震耳欲聾，正在唱RAP助興。他們倆一個叫做小東，一個叫做小西，這當然是綽號，誰也記不住他們的姓名。

三個龍疊在一起，怎麼念？三個牛疊在一起，怎麼讀？反正他們是雙胞胎兄弟，哥哥自稱長得像陳小東，誰認識那是誰。乾脆一個小東一個小西，大家都省事省麻煩。

雖然他們也是怪人，一句話也不能好好講，字字要帶上喔喔耶耶，走路像是正在復健，他們的大拇指和食指不伸出來比一比就全身不舒服……

但我們三個人可能是全社團最正常的人。

跟我們的動漫畫和cosplay瘋子的學長、腐到一塌糊塗的學姊比起來，我們真的好正常。

我們祕密結社的「沈默」過往曾是各方鬼神忌憚的，最強的校園社團。但這幾年每況愈下……還被來「監督」的徐道長譏笑是「有史以來最肉腳、最沒天賦的沈默」。

孰可忍孰不可忍?!

「夠了沒有啊?!」我用力一拍身後的門，那個不爭氣又偷工減料的門居然貓了下去，「今天是初二啊！早就跟你們說過了，今天要打掃老大爺的土地公祠，你們還在那兒跟我扮家家酒……供品呢？酒呢？為什麼是我這個大一的學妹要監督你們……」

越說越氣，我扛起一張空的桌子，就想乾脆砸死這些混帳東西。

「yoyo～冷靜啊～風紀！」小東架住我，「take ez 北鼻～」

「住嘴！」我揮拳將他打翻過去。

一片混亂中，學姊學長終於連滾帶爬的衝了出去，一面跑還有人埋怨，「當初是誰選小燕子當風紀的？自討皮癢！」、「誰知道啊？她剛來的時候超文靜的，細皮白肉，一副弱不禁風的模樣……誰知道她力拔山河……」

「還敢聊天啊!?」我再次拍了一次那個脆弱的門，壓花更不爭氣的裂個大縫，「都什麼時候了，太陽快下山了！」

等我揮著掃帚將他們趕到土地公祠，已經晚霞滿天。社訓寫得明明白白，一定要在日頭還在之前，打掃祭拜完畢。

現在連撣撣土都還沒有！欺負我今天課上得遲，這群欠打的學長學姊！

想當初，我真是讓學姊拐了。她講得慷慨激昂，還拿了社團記事簿給我看。我還以為是怎樣義薄雲天，為善不欲人知的祕密結社……

結果是這群懶斷骨頭，還老被嘲笑的養老社團！若不是被徐道長嘲笑過，我還真沒想到我們這屆是史上最無靈感的沈默社團！

沒有就算了。這起懶鬼，連初二、十六都還要我盯著（或揍著）出門，搞什麼啊?!

* * *

我們這屆「沈默」，已經沒有人看得到老大爺，直接和鬼神溝通了。我們都是稍微有點靈感的人，看不清楚，聽不明白，有些時候，我嗅覺還清楚些。

即使如此，我們還是知道，那個世界的存在，曉得有「原居民」。

但不知道從哪屆起，學校就流傳一個奇怪的傳統。原本發生什麼怪事，就寫意見函丟到意見箱。但某屆換了新校長，認為這是妖言惑眾，乾脆把意見箱撤了。無處扔的意見函，就改扔到土地祠的案下，初二、十六都得清出一堆。

我們祕密結社就會分門別類，按照值班表，巡邏的時候特別照規矩去看看。（雖然

也只能看看祭壇和風水石）

「啊唷……」帶我進來的雅意學姊哎了一聲，「又來了。」

我接過來一看，不禁皺緊眉。

又是二十封同個人寫來的意見函。我們的能力刷新史上新低，能照顧好這個鬼影幢幢的學校，已經太好了，哪管得到學生的家裡去。

這個女生說，她們家的媽媽突然而然像是鬼迷了心竅，把家裡的錢都拿去賭不說，還常常自稱見鬼神，有些時候還會在地上爬，做出種種奇怪的舉動。

之前她措詞還客氣，現在越來越激烈，大罵老大爺見死不救。

從上個月初二、十六，到今天，剛好一個月。她寫來的意見函起碼累積一百多張了。

我們也不是不知道是哪個學生，但這實在不是我們的能力和管轄範圍。

葉勤學長（就是縫圍裙那個），「……也不能直接說不管。怎麼說，還是要問社長。」

我們社長就是老大爺，今天該我值日，我擲了三筊，筊筊都是怒筊。

「社長老大爺不給我們管。」我聳聳肩。

實在說，我們該聽話的。但事情的發展往往不盡如人意。

老大爺社長說不用管，我們的學長學姊們就很樂的繼續準備CWT，小東小西很樂的試圖寫出更棒的RAP歌曲，我很苦命的巡邏校園。

這就是我們「沈默」現在最淒慘的現況。我們社團的學長學姊腦袋都有或大或小的洞，維護下來的「人鬼分道」簡直一塌糊塗，徐道長來我們學校的時候，氣得暴跳如雷，唯一學得全的，只有我。

其實小東、小西也學了八九成，但他們老要載歌載舞，實在太引人注目。而且徐道長根本受不了他們，看到他們就抓狂，我實在擔心他的腦血管健康，只好請小東小西繼續專心音樂創作，我來就好。

我討厭我自己的個性。（抱頭）

人家只會說，個性決定命運，事實上命運也決定個性啊！我在家就很苦命了，這種年代，誰會生上六個小孩？就我老爸老媽那對天真的傢伙！為了養活這半打小孩，他們倆在外奔波，我這倒楣到極點的人，偏偏是長姊。

我來上學的時候，五個弟妹根本就沒有絲毫依依不捨，一致歡呼著送我出門，因為兩個妹妹終於有點空間了，你知道的，二十四坪的家是很擠的。

我理智上明白，但情感上絕對不想明白。我海K了他們一頓才扛著行李去搭火車。這群混帳東西，也不想想，我從國小一年級就開始煮飯養他們，居然敢歡呼！

還以為擺脫了當老姊的倒楣命運，結果我又一時熱血的加入這個祕密結社……一社八個人，我還是最辛苦的那一個！

更倒楣到極致的是，我只是聞得到氣味，連陰陽眼的邊都勾不上。

為什麼還是我在扛啊?!

一路抱怨著巡邏，維護祭壇。我感到風中帶著乾枯的味道，因為我的抱怨飄遠些。

但你問我看到什麼……很抱歉，雖然自稱是「沈默」的社員，老娘什麼都看不見。我感覺得到他們的存在、氣味，但還真的是「靈異視障」。

這也好啦，總比葉勤學長天天鬼叫好。我沒被鬼嚇死，卻會被他的聲如裂帛嚇死。

* * *

那天葉勤學長來找我的時候，我真的很想乾脆否認我認識他。

我想他是很慌張的來了……但他也用不著穿著女僕裝就跑來。我猜他還在試裝，所以有些布料還用大頭針別著。

「不好了，小燕子。」他慌張起來，「出人命了！」

「我叫鄭燕青！」我吼他，覺得很累，「你跟學姊還是大三而已，就跟你們講過要重視性教育，現在鬧出人命叫我能夠怎麼辦……」

「不是那種出人命啦！」他忸怩起來，「討厭，人家現在還是第一階段……」

「親嘴？」我真的覺得這些學長姊的腦袋都有洞。

「哎呀！只到牽手啦！」學長扶著臉嚷起來。

纏了半天，他才說，那個寫了一百多封意見函的女同學，不知道怎麼找到我們社辦，又哭又嚷的割腕了，剛剛救護車才來載走。

「不想活就算了，還可以省點米。」我對這種死孩子最討厭了，阿門，早死早超生。

「小燕子！別這樣啦～」學長嚷，「她糾纏了一大堆……我好害怕……」他給我掩面。

……我不懂，學姊雖然腦袋有洞，也長得清清秀秀的，為什麼要看上更腦殘的娘炮呢？

雖然不願意，但還是被這些不像樣的學姊學長同學簇擁著，躲在我背後去探望病人。

本來滿腹牢騷，但看到割腕的女同學，我就比較能體諒了。越有惡意的那個就越臭，她真臭得讓人得暫時停止呼吸。

我一臉作噁的掏出寶特瓶，拿裡頭的水亂灑一通，味道才稍微輕了些。這是晒過月亮的水，聽說靈力越高的人越有效力。可憐我們這個史上最弱的沈默社團，除了我的月水還有微效，其他人是一點用處也沒有。

從指縫看出來的學長小聲的說，「……少一點了。」其他社員猛點頭。

……我想退社。

那個女同學叫做吳清芳，是英文系的同學。就算能力低到這樣破表，也看得出她印堂發黑，時運很差。我們這些倒楣鬼能力這麼破，也從小鬧鬼鬧到大，所謂久病成良醫。

她正在流淚，臉孔蒼白，手腕上纏著厚厚的紗布。「……對不起。但我、我實在……實在想不出任何辦法了……真的對不起……」

她一直低頭道歉，語無倫次的說著她的痛苦和難過。「我、我一直以為我們家就是很普通那樣，爸媽也會吵架，弟弟粗魯，又愛跟我搶遙控器……」她放聲大哭，「但我不知道……原來、原來那樣普通的家是那麼幸福溫暖！我不會再亂作白日夢了……我只要我原本的家就好……」

……老大爺不讓我們管的。再說，那是校外。我們這群弱到爆炸的傢伙，校內還有點用，校外是不行的。

但誰沒有媽媽呢？

那天探病回去，大家心情都很不好。最後學長提議表決。毫無意外的，八票一致通過。

「老大爺會不高興。」我苦惱起來，「別叫我去擲筊。」

最後我們很鴕鳥的決定別去擲筊了，開始大翻特翻歷任學姊學長留下來的社團記事簿。

翻來翻去，沒半樣我們辦得到的。但吳清芳又出了兩次車禍，她的家裡聽說更雞犬不寧，我們能怎麼辦？

硬著頭皮，假作要送吳清芳回家，我們一社八個人發著抖，蹭進他們家。剛讓吳媽媽瞪一眼，學長就尖叫起來，學姊開始乾嘔，其他人抱成一團，都縮在我背後。

我顫顫的假裝打翻月水，不得了，吳媽媽四腳著地的發出可怕的叫聲，散發強烈到幾乎薰死人的腐臭味，撲了過來……

我們這群沒用的默娘默然（社員自稱），狂叫著奔出大門，一路奔到大馬路還不敢回頭。

第一次遭遇戰，大敗而逃，連交鋒都不敢。

但吳清芳因為骨折再次住院了，疑似家暴。

我們硬著頭皮，設法連絡徐道長，到底他是我們社團監督老師。但你知道道士那種人雲遊四海，也連絡不上。我們設法連絡畢業的學長學姊，連絡得上的都說無能為力，還勸我們有些事情是管不了的。

知道是知道，害怕是真的害怕，但真要別開頭，我們卻開始吃不下睡不好。

「徐道長說，還是用熟悉的手法好。」我抱著腦袋苦惱。但我什麼手法都不熟。

最後還是小東、小西兄弟抱了一堆書和漫畫來，提出一個非常不可靠的方法，別瞧他們這樣唷唷耶耶的，他們倆還是中文系的。

「說不定這是個辦法。」雅意學姊像是看到一道曙光，「晴明也是用這種辦法的嘛……說起來晴明和博雅真的好萌……」自己在一旁發花痴。

我真的很想退社。

小東、小西翻出《後漢書禮儀志》，建議用大儺的方法。聽他們解釋，我似懂非懂，總之這是個很古老的祓禊儀式。

大儺起源於兩千年以前，從民間到宮廷都有舉行。特別是在宮廷中，成了每年年終歲首必演的儀式。先組成一支幾百人的打鬼隊伍，通過舞蹈在宮廷中表演，驅逐瘟疫惡鬼。

領舞者叫「方相」。方相氏頭戴假面，假面上有四隻金光閃閃的眼睛，非常威猛可怕。穿著玄黑色的上衣，下面蒙著朱紅的戰裙。手掌上蒙著熊皮，一手拿著長戈，一手拿著盾牌，還要率領十二隻驅除邪鬼妖物的神將。

跟隨舞蹈，喊聲震地，參加跳舞者手持火炬，吶喊著從陰暗處驅逐鬼祟，一直送到端門以外，扔進河裡才算完畢，象徵著把鬼趕了出去，取得了完全的勝利。

「……你熟悉嗎？」我抓著小東問。

他終於省掉唷唷耶耶，含著眼淚正常的回了我一句話，「……我看過陰陽師。」

……這不會太兒戲嗎？

但其他學長學姊卻非常熱血的開始縫製「戲服」和道具，弄得像是要去cosplay。不像是要去赴死，倒像是嘉年華會。

我跪心許久，還是振作起來。我將那些古文硬塞，在小東、小西的大儺RAP教育下，勉強弄懂了一點點。進行完大儺之後，必須接力著將火把遠遠的丟到河裡。

但在都市中，你覺得舉著火把可以嗎……？所以我們很虛的改用蠟燭。既然可以晒月水，那應該也可以晒月蠟……吧？

於是我異常虛弱的在月光下作蠟燭，心底只感到丟臉和悲涼。

因為我們人數不足，所以只有方相氏由小東扮演，其他都省略了。還得自我安慰，只有一個吳媽媽要驅鬼，其他都是雜魚，不用十二神將。

不行的話，逃跑好了。本來就是死馬當作活馬醫。

「為什麼不是燕子北鼻扮方相氏？」小東哭喪著臉。

「因為我是女的。」我沒好氣的說。

那天小東還畫了半天的妝。戴上面具誰看得到，化什麼妝真是的……

還真是風蕭蕭兮易水寒。我們社團異常喪氣的，穿著一身戲服，頂著眾人訝異的眼光，再度和惡鬼交鋒。

按了門鈴，一跛一拐又憔悴的吳清芳來開門，眼中露出充滿希望的光芒。

只怕她很快就會絕望了。

他們家的人，上班的上班，上學的上學，能逃多遠逃多遠，只有吳媽媽還在房裡睡覺。

吳清芳感激的握著我的手……然後轉身逃出大門。

一陣淒涼的秋風掃過，我們社裡每個人都感到一陣悲涼。

我們小小聲的敲著腰鼓，在很虛的方相氏背後，輕輕的踏地，磨磨蹭蹭的在人家的家裡「遊行」。

「喂，噓，噓。」小東小小聲的問，「真的有用嗎？」

「……信心！道長說信心比什麼都重要！」我小聲的噓回去，「方相氏不要說話啦！」

但這個虛弱到極點的儀式，居然有了一點用處。本來惡臭到完全不能呼吸的屋子裡，空氣漸漸乾淨起來了。學長也不抖得那麼厲害了，說雜鬼開始逃跑了。

老祖宗的智慧還是滿有用處的嘛。

我才剛想完，寢室的房門突然整個垮下來，學長顫聲拔尖了嗓子，學姊很配合的吐了出來，我只覺得想把鼻子割下，那種濃郁又充滿野獸氣息的腐臭快把我殺死了。

吳媽媽眼睛冒著紅光，對空咆哮一聲。

我們也跟著尖叫，正要逃跑，她很敏捷並且超乎人類極限的跳到大門口，堵著門，口水一滴滴從咬牙切齒的嘴裡滴下來。

小東逃得最快，反而衝到最前面，她晃的一下打飛了小東，還打壞了他的面具。

「甲作食染，胇胃食虎，雄伯食魅……」我趕緊對她潑上月水，然後飛快的念禱詞。

但她只抹了抹臉，明明是中年婦人，卻發出蒼老的男人聲音，「沒用啦，哈哈哈～念什麼都沒用啦！愛管閒事，就讓你們一起死好啦～」

正在不可開交的時候，小東爬了起來，扭了扭脖子，擦掉嘴角的血，勃然大怒。「靠北啦，什麼沒用？你居然打傷我的臉！你知不知道藝人是靠臉吃飯的?!」

「就是說啊！」小西憤慨的附和。

……你們腦袋的洞已經進入黑洞等級了嘛？

定睛一看，他在眼睛底下畫了兩個眼睛，忠實的複製了方相氏的面具形態。難怪他要化妝那麼久。

「兄弟，給他好看！」小東、小西異口同聲。然後他們這對雙胞胎就開始「祓禊」了。

「yoyo～缺課 in 缺課 out～～yoyo～甲作食染，胇胃食虎，雄伯食魅……繃雌繃雌～come on baby～」

這是我這輩子見過最丟臉的大儺。更丟臉的是，吳媽媽居然抱頭大叫，還在地上滾來滾去。

即使是我這種靈異視障人士，也看得到她張大的嘴冒出一團霧。結果尖叫的尖叫、吐的吐、RAP的RAP。

而我呢，又想哭又難堪又想笑，交感神經一整個打架。

那團霧氣衝到我手上的蠟燭上面，我覺得一沈。顫顫的怕被風吹熄，我們一夥人小心的擋著風，在小西、小東兄弟「綳雌綳雌」的伴奏下，小心翼翼的走到附近的小河，把蠟燭丟下去。

學長不叫了，學姊不吐了，其他人不抖了，臭味也沒了。我猜我們應該是完成了吧？

但是小東和小西還在「綳雌綳雌綳雌」，圍觀的路人越來越多。

我想馬上退社團。（掩面）

＊　　＊　　＊

後來聽說吳媽媽就這樣痊癒了，還送了好大一盒蛋糕來。

大家吃得心滿意足。

本來到此落幕就好，但是，CWT到了，他們原本要做的女僕裝沒完成，怎麼辦呢？他們把那套五顏六色的戲服穿去會場「祓禊」了，據說小東小西的「綳雌綳雌」還大受好評。

……我現在就要退社團。我受不了了。

之二 監督

雖然每天晚上巡邏的時候都嚷著要退社，但第二天我還是會乖乖的去寫社團記事簿。然後被社團的學長學姊氣得半死，等我吼完，要到晚上巡邏才又想到我要退社的事情。

我討厭我的個性。（掩面）

雖然是史上最弱的沈默社團，但我們學長學姊真是志同道合到極致。除了我和小東小西以外，通通都是動漫畫瘋子或腐女。

像現在，我打開大門，就看到身高一八〇的葉勤學長和身高一五〇（號稱）的雅意學姊，雙手交握彎腰，都穿著低胸女僕裝，設法擠事實上不存在的乳溝。

……走出這個門，我絕對不承認跟他們有瓜葛。

「雅子好可愛唷。」葉勤學長含情脈脈的握著雅意學姊的手。

「小葉才是呢。」雅意學姊一臉痴迷，害羞的扶頰，「我們這樣……突然有種百合盛開的華麗感……」

「雅子好討厭……雖然人家也這麼覺得。」葉勤學長用指頭轉雅意學姊的肩膀，還臉紅。

……幹。誰來救救我啊？這實在太可怕了媽啊……

「女僕裝還是艾瑪那種英國正式女僕裝才是王道。」三劍客之一搖頭。

「不能這樣講，低胸短裙自然有必要的價值……」三劍客之二舉起指頭。

「這是貧乳控和巨乳控的差異性，若用心理學來投射的話……」三劍客之三推了推眼鏡。

我若聽得懂三劍客說些什麼，那母豬也會上樹了。

我們社團有八個人，依年長來排行是，三劍客、葉勤學長、雅意學姊、小東小西兄弟、我。但是可靠度卻必須倒過來排，這是很令人悲傷的事情。

小東、小西兄弟雖然成天唷唷耶耶比手畫腳，但他們自有一套RAP理論可以把學校的禁制記個八、九成，雖然他們見鬼的能見度頂多六、七成而已。

葉勤學長是個妹斗（女僕）控的娘炮，和男女俱腐的雅意學姊是情侶。他們能見度就高了，大約有八成左右，學長還看得更清楚，所以尖叫的時候特別怵目驚心，學姊比學長鎮靜，但真的超過限度就會吐得一塌糊塗。

他們兩個對巡邏來說，真是所謂成事不足，敗事有餘的優良典範。

至於三劍客……坦白說，我跟他們同社團半年了，我還是記不住他們的名字。一來是他們的名字實在太菜市場，令人過目即忘；二來……他們根本是外星人，莫測高深到令人歎為觀止。

而且你絕對不能叫他們回火星去，他們起碼也是冥王星人，哪有離地球那麼近。

他們寫在社團記事簿的不是見鬼心得，而是諸如「福音戰士與聖經救贖之我見」這類的。連他們聊天的內容也自成一個小宇宙，鬼才聽得懂。

「那個你知道吧？」、「喔，你說那個？我覺得太商業了。」、「還好吧，那個就是那個理論啊……」

（誰聽得懂你們在說哪個啦!?）

但他們不但溝通良好，還可以搭配哼歌。我猜他們語言的部分是為了掩飾冥王星人的身分，事實上是用心電感應吧？

到現在我還不知道他們的能見度和能力。因為每次我費盡苦心要了解的時候，最後總是終結在各種動漫畫的爭辯與討論之下，而且大半我都聽不懂。

我唯一知道的是，每次遇到事情的時候，這些學長學姊同學，都會先躲到我後面抖衣而顫，無一例外。

我明明是他們當中年紀最小的啊……為什麼會這樣？我真的覺得好傷心。

你想想，這樣不成器的學長學姊，還指望他們保住什麼校園平安？我剛入社團的時候真的一整個納悶，直到監督來學校尖酸刻薄的諷刺辱罵過，我才恍然大悟。

我們社團的監督老師是個道士，姓徐，徐如劍。我們都叫他徐道長。在我入社之前，聽說他每年都會來維護一次，當然免不了破口大罵得很難聽。

等我入社以後沒多久，他不知道為什麼，就比較常來了，幾乎一、兩個月得了空就會跑來看看，我想是我們這屆的沈默社團水準已經低落到地平線以下了。

不過他凶遍了全社團，對我卻意外的另眼看待，很少罵我。像現在這樣氣急敗壞，真的是很少有。

「我問妳，」他臉孔發青，「你們跑去校外惹冤親債主?!」

「那是什麼？」我迷惑起來。

他大喊大叫半天，我才心虛的發現，原來我們那個搞笑的RAP大雞還是紙包不住火。「……我們不知道那是冤親債主。」

徐道長深深的吸了一口氣，氣勢如虹的破口大罵，「你們這群創世紀新低的低能兒跟冤親債主對著槓?!還不先問過老土地?!」

「就沒辦法呀！怎麼可能坐視不管？」我抗議了，「我們是沈默祕密結社欸！」

「妳還好意思講？你們連三腳貓的一根毛都比不上，還敢跟人家當什麼默娘、默然？妳敢說我還不敢聽哪！」

他本來就暴躁，真的是結結實實連罵帶訓的痛責了一頓，結果只有我在聽。怕他在社辦就中風，我只好將他請出來，省得真的出人命。

雖然他看起來不過三十出頭的人，修道人真是養顏有術。但他實際的年紀比我爸還大，我真的很怕他沒有毛病都氣出心臟血管的疾病來。

他瞪我瞪了半天，「妳很白痴妳知道嗎？為什麼要扛起來？」

「我也不願意啊，我每天都想退社！但我退了……誰能扛起來啊？」我也千百個不願意。

他揉了揉鬢角，長嘆一聲。「……妳連看都看不到。」

我聳聳肩，過去自動販賣機買了兩罐無糖的茶，挨著徐道長在石階坐下，遞一罐給他。

「小燕子，妳是普通的大學生，既不是巫也不是道。學校的就算了，別攪和到學校外面去！妳跟異類根本沒什麼淵源，也缺乏這方面的天賦！妳比普通人只好那麼一滴滴，妳懂不懂啊？」

「我知道啦，我也不想啊。」我沈重的嘆息，「沒辦法，我出生就是姊姊。習慣了啊，就沒辦法當作沒看到……」

「笨蛋！」徐道長很凶的罵。

「不用你特別提醒我也知道。」我咕噥。

他揉了揉鬢角，我才發現徐道長的白髮又增加了。我聽過八卦，聽說他非常討厭我們的初代學姊。會特別關照這個怪談學校，是因為這學校的禁制是他的恩師打造起來的，恩師過世，他把未竟的事業都一肩扛起來，包括這個學校。

「徐道長，你跟你的老師感情很好對吧？」我問。

我頭次看到暴躁的徐道長臉紅，然後發怒。「誰跟他感情好？那種只會追著女人屁股跑的師父……」

所謂有其師必有其徒……我悄悄的挪遠一點坐。

他更火了，「我不喜歡女人！」

這讓我有點為難。為了不傷害他的自尊，我挪近一點點，「呃，性取向這種事情也是沒辦法的。」

「我也不喜歡男人！」他吼得我耳朵嗡嗡直響。

可惜了呢。徐道長其實滿帥的，雖然脾氣不好。他不開口的時候，顯得憂鬱穩重，又有些出塵的氣質，五官又漂亮。

但是開口就破功。

聽說他沒出家，結果不喜歡男人又不喜歡女人……好像跟出家沒兩樣。

「你長得這麼好看，這樣造成很多人的損失。」我衝口而出。

他瞠目看著我，「小孩子跟人家知道什麼好不好看？妳不如把心思放在課業上！」

義正嚴辭的訓了我好一會兒，他又天外飛來一筆，「妳這年紀交男朋友是沒有關係，但還是不可以忽略課業……」

我發悶了，他怎麼什麼都知道？

「分手了啦，」我打斷他的長篇大論，「不到一個月哩。」

「是哪個沒眼光的混帳？」他整個怒起來，「妳沒吃什麼虧吧？」

……不喜歡男人也不喜歡女人的人還知道什麼是吃虧喔？我扁了眼睛。

「是我主動分手的。」我小聲的說。

喀啦一聲，臉孔發青的徐道長徒手把手裡的鐵罐子扭成細細的麻花，「渾小子……敢劈腿?!」

我是聽說了徐道長凶歸凶但很護短，沒想到到這種地步。

「不，不是！」我捏了把汗，又覺得很難解釋。搔了搔頭，「……我已經有三個弟弟了，用不著第四個啊。」

他詫異的看我，我苦惱著怎麼解釋。

我的父母熱情奔放又愛孩子。婚後連生了半打，還有年頭一個，年尾一個這樣的超短間距，直到實在養起來吃力，老爸才心不甘情不願的去結紮。

我從懂事以來就在照顧弟妹。但我沒有什麼抱怨的意思，真的。我們家是窮了點，但爸媽已經盡他們最大的努力。我們家的孩子雖然吵吵鬧鬧，但心底都是很相愛的。

這種年代，像我家庭這麼完整幸福的已經不多了，我很慶幸。

但一直都是我在疼寵別人，卻沒什麼被疼寵的記憶。那當然，我是姊姊嘛。

「學長追我，我也想知道戀愛和被疼寵的感覺。」我跟徐道長說，奇怪這種瑣碎小事他聽得很專心，都沒打斷我。「但我們交往一個月，我卻覺得大三學長比我國中小弟還幼稚。我在家要照顧三個弟弟、兩個妹妹，有時候還要照顧累壞的爸媽。上大學又要照顧社團的人，已經很累了……我沒力氣再照顧男朋友了。」

徐道長不講話，我心底有點不安。這種小事跟他講好嗎？但我還真不知道跟誰講哩。「我是不是很自私呀？只想人家照顧我……」

「這有什麼好自私的啊?!女孩子生來就是要疼寵的……妳已經做過頭啦！」他突然爆炸起來，「是那混帳東西沒肩膀、沒擔當，分得好！跟那種軟弱的東西沒什麼好耗的！」

我張大眼睛看著他，不知道徐道長幹嘛發火。但他沒罵我，讓我心安了些。學長總是很幽怨的看著我，我老覺得是我的錯。

「……不知道被疼寵是什麼感覺。」我伸了伸舌頭，「徐道長，你被疼過嗎？感覺怎麼樣？」

啊？

他沒回答我，卻霍然站起，臉色超可怕的。「……吃飯。」

「吃中飯了。」

他要回去囉？大概聽煩了吧。我也不知道幹嘛跟他講這些……這些心事又不能跟別人講。跟妹妹講絕對會讓爸媽緊張兮兮，社團……算了吧。同學跟我傾訴心事還比較多，我也不覺得跟他們講得上什麼話。

「徐道長再見。」我站起來送他。

「走吧。」他卻扯著我的袖子，開車載我去山下吃飯，鐵青著臉買了一個很大的泰迪熊給我，然後載我回學校。

我一整個糊塗了。

「……妳跟我年輕的時候，有點像。」徐道長下車跟我聊了一會兒，「很有正義感，出拳頭比思考還快，習慣什麼都扛起來。」

他嚴肅的看著我，「但正義感要先懂得自制和思考，暴力不是可以解決所有問題的。什麼都扛起來，只會先累垮自己。我年輕的時候太自負、自以為是，所以做錯很多事情……我不希望妳也這樣。」

我抱著泰迪熊困惑起來。為什麼突然跟我講這些大道理？

徐道長皺著眉，按了按鬢角。「我到現在還不太會跟人相處，但我在努力中。」

「我覺得徐道長已經很好了啊。」我更糊塗了，「還要努力什麼？」

他眉頭皺得更緊，突然粗魯的揉亂我的頭髮。「大概是這樣的感覺吧。」

然後他就上車走了。

我一整個丈八金剛摸不著頭緒，望著他的車發愣。結果他又倒很遠的車回來，匆匆的給了我一張紙條。

「我的手機。有問題都可以打給我。」他說，還是緊皺著眉。

「學校沒什麼問題呀？還是道長要遠行啊？」

「不是。」他很快的否認，「下個月我會再來。妳有任何問題都可以打電話給我，隨時都行。用功點讀書吧，叫妳社團那群懶骨頭跟妳輪流巡邏……不然一個禮拜巡邏一次就行了，不用天天。有什麼問題我處理就好了。」

然後他開車走了。

抱著泰迪熊，我摸了摸亂七八糟的頭髮。

……啊！徐道長這樣算是示範什麼是疼寵嗎？原來是這種感覺啊。我忍不住笑起來。

徐道長只有嘴巴凶，人其實真的很好呢。

後來我就沒再提退社的事情了。

徐道長都這麼情義相挺了，我還畏難退社，實在太過分。雖然往往要對社員們實施鐵的紀律……就當作練身體和肺活量好了。

不過那天我把泰迪熊抱去社辦拿書包的時候，等大家知道是徐道長買給我的時候，他們的眼神突然熱烈又奇怪起來。以後徐道長來監督，我陪他巡邏的時候，這群神經病都自以為很瘦的躲在更細瘦的樹木後面偷偷跟著我們，不知道在幹嘛。

「你們在做什麼？」徐道長皺緊眉，直接走到他們面前，抱著胳臂。

這群嚇得發抖的傢伙，結結巴巴的說在見習。

見習？見鬼啦。他們怎麼突然想起自己是沈默祕密結社而不是動漫畫社或RAP社？

不過徐道長真的很慈祥，只是都用罵聲來掩飾而已。他會關心我的期中考，一直勉勵我要好好念書，也會叮嚀我要添衣服或作息正常之類的。若是他過來都會帶我去吃個飯或看場電影什麼的，有些時候會買些小禮物給我。

真的很感動。我只是隨口提過不知道什麼是疼寵的滋味，沒想到他會放在心底，盡量的疼我。雖然總是有些不自在和僵硬，但我真的很高興。

不過我不知道他會來同人誌會場。

那次是我被學長學姊煩不過，勉強跟他們去扮了一次「艾瑪」顧攤位。要不是衣服很規矩，我也是抵死不從啦。只是那個鬼眼鏡怎麼一直滑落，討厭死了。

我正在氣悶的推平光眼鏡，抬頭一看，正好跟徐道長四目相對。

我覺得他的眼睛快掉出眼眶了。「……小燕子？」

真難堪。「嗯，徐道長。你、你怎麼會來？」

「呃……上回葉勤說妳會參與社團活動。」他眼睛直直的看著我，一副不認識的樣子。

我悶了。「……很奇怪嗎？」

「不、不會。」他回答的很快，「……很好看。」

我覺得很尷尬，巴不得把身上的戲服脫下來扔掉。幸好那些沒神經的社員熱熱鬧鬧的圍過來要合照，但徐道長說什麼都不肯，還發脾氣他們穿那什麼樣子。

「那跟小燕子一起照呢？」雅意學姊笑咪咪的，「她穿這樣好好看呀～」

我以為徐道長會拒絕，所以沒說話，沒想到他會說好。

「不要吧？」我覺得很丟臉，「幹嘛這樣～」

但你知道的，我們沈默的學長學姊聽不懂人話，小東小西還在旁邊唱奇怪的RAP當背景音樂，不想太丟臉還是速戰速決比較理想。

那張照片成了我和徐道長的第一張合照。他真的很上相欸，又穿了一身黑。結果葉勤學長和雅意學姊對著照片直喊黑執事，陶醉得要命。

但終於讓我發現他們的詭計。

這些傢伙也是業餘漫畫家，攤位賣的就是他們那些讓人崩潰的作品。

在某個我準備邊罵邊打掃的下午，讓我發現他們剛印出來、熱騰騰的同人漫畫。

這個身高和神態……為什麼這麼熟悉……男女主角的名字，為什麼叫做徐如劍和小燕子呢……？年紀還真差得剛剛好啊……

「……你們，很想死對吧？」我臉孔發黑的將漫畫扔到學長的腦袋，掄起掃把，

「我這就成全你們!!」

「不是我不是我！」、「為什麼不藏好啊～」、「我怎麼知道她今天會大掃除！」、「救命啊～」

我非好好教導他們知道什麼叫做「鐵的紀律」不可。

「不要跑！」我怒吼起來。

之三　追求

這次的同人漫事件真的完全激怒我了，別說我小題大作……你跟你的老師被人畫滾滾樂，我就不相信你高興得起來！而且五個學姊學長都有份，還是接力畫的！

那天我痛打了他們以後，氣得擺在櫃子的最頂端，誰敢拿出去賣就準備血濺五步，這次我可是認真的！

但我實在應該找個櫃子鎖起來……可惜我們沈默祕密結社，在學校裡占的是神祕學社的額度，社團經費超稀少的，沒那種經費買鎖。所以我擱在櫃子頂端，沒扔掉還是怕人誤撿了。

但徐道長來監督的時候，卻鬼使神差的從櫃頂拿了一本下來。

「這是什麼？」徐道長皺緊了眉翻。

「不～」連我帶社員都發出淒慘的喊叫，撲過去想要搶，卻被他瀟灑的一擺手，人人僵在原地，動彈不得。

……我想挖個大洞把自己埋起來，再也不要回到這令人羞愧而死的人世。

向來吵翻天的社辦靜悄悄的，連掉根針都聽得到。

徐道長深深吸了幾口氣，將書合起來，「小燕子，妳解釋一下，這是怎麼一回事？」他揚了揚同人漫，我們又都能動了。

……為什麼是苦主的我需要解釋這種倒楣事情?!但這起沒用的東西，居然有那個膽子躲在我背後發抖！

「是、是……」我咬牙，「他們沒題材可以畫了，拿我們的照片去當靈感。」強忍著淚，「我這就拿去燒了。」

「不～別這樣啦！」我身後那群沒用的傢伙又拉又扯，「我們所有的錢都扔進去啦～以後我們不敢了啦，別燒啊～」

「閉嘴！你們還好意思說！」我一把搶過掃把，又羞又怒，「揍死你們這些王八蛋……」

但徐道長拿走我手裡的掃把。「暴力不能解決什麼事情。」他輕咳一聲，「的確太不應該了。但算了，饒他們吧。你們有空作這種無聊的事情，還不如好好的用功！你們的本分是念書啊，滿腦子淫邪思想……」

他訓了五分鐘，把書遞給葉勤學長。「這次就算了。但以後絕對不可以這麼作。你要替小燕子想想啊，她還沒嫁人呢，傳出去怎麼辦?!念在你們還含蓄，要賣就賣吧……下回讓我知道，就沒這麼簡單了。」他大喝，「去吧！」

靜默了片刻，整個社團都歡呼起來，只有我尖叫，「徐道長！」

他扯著我的袖子出去，一臉嚴肅。「算了吧。」

「我不要！」我真的氣哭了，「他們真的太過分了……」

「雖然我不喜歡他們的興趣，但他們都還是學生，錢也不多。」他嘆了口氣，「印書也是要錢的，妳就這麼燒了，不說他們損失重大，以後社團的和諧就會出現裂痕。人際關係是門大學問，我到現在還學得很糟呢，小燕子，有時得饒人處且饒人……」

我知道他說得對，但被人這樣亂畫……理智上可以接受，但情感上很難接受。更何況，我很敬愛徐道長。

說不清楚，心底又急。我這個鐵腕暴力分子，像個小孩子嗚咽起來，我覺得更丟臉。

他掏手帕給我，「乖，我知道妳委屈了。事實上是我不好，我對人，總是直來直往，不懂得轉彎，也沒多加考慮，才讓人誤會。」他長嘆，「磨練十來年了，我還是沒進步……」

那天回去，他若有所思的揉亂我的頭髮。之後他就不再帶我單獨外出了，就算吃飯也是在學校的餐廳吃，原本的小禮物改成平安符啊佛珠啊，不會招人誤會的東西。

但我真的很懷念心無芥蒂，高高興興一起出去的感覺。

為了這個，我氣得足足給這群不知死活的傢伙一整個禮拜的臉色看。

當然，我承認徐道長觀察入微。

不知道是不是物以類聚，我們社團裡的人個個都是窮鬼。他們幾乎都把所有的錢砸進興趣裡，過著一種超級貧民的生活，沒事就跑來社辦窩著。

初代學姊留下來的社辦，據說只有我們社員可以泰然自若，其他人都鬼哭神號的跑的跑，逃的逃。這個據說很陰的社辦，真的是冬暖夏涼，尤其是夏天，連冷氣都免了。

我們搬了不少學校汰換下來的會議桌椅，自己釘釘敲敲，也是很好用的。之前學長學姊留了不少「財產」給我們，電冰箱、微波爐、咖啡機，一應俱全，還有兩部可以上網的老電腦。

甚至還有個可以睡午覺的小沙發。

這些一窮二白的傢伙，甚至會買一份鐵板燒，幾碗飯，四、五個人就這樣打發一餐，節儉程度真是令人歎為觀止。

所以大家都在這兒讀書、縫製衣服、製作道具。小東小西在這兒乒乒乓乓的打節奏寫歌，起居幾乎都在這兒了。

本來我也這樣，但被氣翻了以後，除了早上來寫一下社團記事簿，其他時候我寧可回宿舍生悶氣。

但天天生悶氣也不是辦法，而且無聊。我開始翻室友的言情小說。

大部分的言情小說都可以看看前面、中間、後面，一本就算看完了。我對她大推的一點興趣也沒有，卻不小心翻到她不太愛的綠痕。

我一下子就著迷了，但她來來去去就一本《沈醉東風》。

算算這個月的零用錢，我穿上鞋子，騎車下山去鎮上的小說租書店，很開心的提了五本書回來。

在十字路口，我差點撞到一個人。

我趕緊緊急煞車，我發誓，那個人是突然冒出來的。我雖然一面胡思亂想一面騎車，但也會注意路況，而且我騎得很慢。

原本呢，我以為終於打破靈異視障的界限，我看到了「那個」。但空氣中沒有傳來什麼怪味兒，那個人不但有腳，還有影子。

「……抱歉。」我說。

那人慢慢的轉過頭，一張清秀又俊逸的臉孔，讓我想到某些韓國明星。但他神情鬱鬱，「沒事。」

沒事就好，我點點頭，想離開十字路口，車子卻很不爭氣的熄火了。我悶悶的牽車到路邊，踩了幾下，一點反應也沒有。這輛車年紀實在太大了，有些時候是會這樣的。過一會兒，就會自己好了，我乾脆把車停好，坐在車子上，就著路燈開始看小說。

我旁邊一沈，那個差點被我撞到的男人不請自來的坐在我旁邊，「好看嗎？」

「很好看啊。」我漫不經心的回答。

「有興趣真好。」他笑了幾聲，卻一點高興的感覺也沒有。「我對什麼都沒興趣。」

「一定有讓你喜歡的事情吧？」我心不在焉的回答，我不喜歡看書被打擾。

「一直都沒有。」他悽楚的說，然後不管我有沒有在聽，開始嗡嗡嗡的說他從小到大的種種不幸生涯。

反正就很老梗啦，父母親不愛他，管家廚師不喜歡他，連家裡的司機都看不起他。女生喜歡他都是因為長相和財富，男生都是表面和睦，內心都在忌妒他之類的。

……我沒有辦法在這種嗡嗡嗡當中看書。

「人生還是樂觀一點好。」我闔上書，嘆了口氣，「為什麼要往壞處想？往好處想不行嗎？」

他用一種奇怪的眼神看我，我聳聳肩，「我要回去了，請你下來。」

這次我成功的發動車子，他卻露出詫異的表情。「掰掰。」我揮了揮手。

這年頭有王子病的男生還真不少，超可怕的。

*　*　*

綠痕的書很不少，我看得又快。但我每天都有可用的零用錢額度，所以一次只提五本書，這樣就要上下山奔波著租書還書。

結果我又在十字路口熄火，巧遇那個男人。聊沒兩句，他又開始說他「艱辛苦楚」的經歷。

聽到很煩，但我心底微微一動。「你跟我大弟很像。」

「唔？」他好看的臉露出迷惘的神情。

「我大弟也是天天都在抱怨，什麼都不滿足。」我嘆氣，「他老嫌我們家窮，天天羨慕別人穿名牌用名牌，錦衣玉食的。有回他帶朋友回家玩，第二天大大發了場脾氣。因為他的朋友譏笑他，我們家還沒他們家的浴室大。」

「……後來呢？」他眼神專注起來。

「後來我跑去他們班上，對著我弟大聲說，雖然我們家都沒人家浴室大，但我爸爸沒養半打小老婆給我們添弟妹，爸媽到現在還像熱戀中。我們家兄弟姊妹都相親相愛，不像別人家的手足都不講話，比陌生人還陌生人。然後我問他，他想要自己孤獨的跟名牌玩，還是跟兄弟姊妹一起玩。」

當然啦，有物質享受很棒，我也很愛慕虛榮的。但是當了一輩子必須操勞家務的姊姊，我真的比較切實際。我也很喜歡軟綿綿的小熊小狗什麼的，但你知道維護清潔有多累嗎？要收拾到乾淨清爽多不容易？

那些身外之物，看看就好了，真的擁有反而非常麻煩。坦白說，夠吃夠穿就行啦，床鋪再豪華，我頂多也只能占這麼大的位置，睡著之後有什麼分別嗎？

比起那些，我比較喜歡一家大小開開心心，打打鬧鬧的嘻笑度日。人一定要先看看自己有多少存貨，再去煩惱自己有什麼不足嘛。說不定你輕視的存貨還是別人的珍寶哩。

「往好的地方想嘛，幹嘛只想壞的？」我嘆息，居然讓我發動了車子。

他卻拉住我的手，不知道是否夜裡風大，他的手很冰，「……我叫何以風。」

「喔。」我警戒起來，想掙脫卻掙不掉。

「妳願意跟我交往嗎？以結婚為前提？」他的眼睛開始發光。「我什麼都可以給妳唷，只要妳想要的……」一把抱住我，還把臉湊上來。

……變態。真沒想到……我以為我們學校附近除了鬧點鬼以外，民風純樸呢，沒想到有這種變態！

我一拳打得他往後退，又一腳踢中他的下巴。「混帳東西！把我當成柔弱的女人就錯了！為什麼我要跟你交往？神經病！」我高中時還是跆拳道校隊呢，是教練哭著求我退隊。我揍弟弟們揍慣了，對那些嬌生慣養的隊友也照樣痛下殺手。

看我長得文靜就動手動腳的，這就是大錯特錯！

他在地上用一種奇怪的姿勢抬起歪斜的脖子，一隻眼睛掉出眼眶，獰笑著爬過來抓我的腳踝，開始散發強烈的惡臭。「……妳跑不掉的……妳是我的了……我要的東西沒有要不到手的……」

驟然上升的驚恐被狂怒壓了過去，我用另一腳惡狠狠的踩在他手上，後悔我從來不穿高跟鞋。

「你這不是東西的東西居然敢說我是東西?!吭？我打得你媽媽不認識你是誰！」

我著著實實的把他痛扁了一頓，揪著他前襟提起來時，心底模模糊糊的覺得很輕。那當然……我沒仔細想下去，轉了幾十圈，用離心力將他甩得老遠。

他是……那個嘛。

緊緊壓住的驚恐以怒火燎原之姿轟然燒了上來。我跳上機車，用我生平最快的速度騎上山。

但你知道這部老爺車上坡，能破四十已經非常了不起了。

「妳跑不了的～」他的聲音在後面追，而且越追越緊，「我終於遇到我喜歡的人了……我就是喜歡妳這種的……」

他媽的，我不想被變態喜歡！更何況……

他是鬼啊!!

我現在開始慶幸我是靈異視障，所以之前都看不到。嗅覺衝擊和視覺衝擊比較起來真是小兒科。

剛剛那麼有勇氣海扁他，現在我卻嚇得涕淚肆橫，巴不得多長兩個輪子出來幫著跑。

有幾次車子莫名撇輪，我死也不願意回頭看是怎麼回事。心底只有一個念頭：我要趕緊騎到後門，衝到社長老大爺的祠裡，其他我什麼都不要想。

說不定就是這種執念，居然讓我真的騎到後門，煞車不及的輕微撞上土地祠的牆壁，可怕的惡臭跟在我後面不放，我爬起來想跑進祠裡，腳踝一緊，我又摔了一跤。死定了。我還年輕不想結婚……更何況人鬼殊途？

「不要！」我慘叫。

「畜生！放開她！」一聲大喝，宛如晴天霹靂，我還沒怎麼搞清楚，已經讓徐道長拖起來塞到背後。

我嚇得要死，抓著徐道長的衣服拚命發抖，眼淚鼻涕都糊在上面了。

「你這個……」他氣得要命，抽出幾張黃紙，轟然落地就成了個火圈。那隻鬼怒吼，跟他對抗起來，左突右撞，試圖要跑出去，卻忌憚烈火。

「小燕子。」徐道長回頭看我，我顫顫的抬頭，突然覺得他很高大、很有安全感，一夜的驚恐更一發不可收拾，化成淚水，哭了個面白氣促。

他緊緊的皺緊眉，反轉忿恨。「原本念你天賦卓然，修煉不易，也無大惡。但留你這東西必成大患！」

徐道長伸出劍指，「滅！」火圈突然旺了起來，蜿蜒如蛇撲向那隻鬼。

「慢著！」一個蒼老的聲音傳出，「這是老兒的管區，你在我這兒逞什麼威風啊？

小徐，你多年不殺生了，怎麼今天反而暴躁起來？仁王，去把那小鬼拘提過來。」

哈哈哈……我一定是驚恐過度，所以在做夢對吧？我們家老大爺開口了呢。他案下還鑽出一隻大老虎，踩滅了火圈，把那隻鬼抓到案前跪著。

他恢復何以風的模樣，對著老大爺不斷磕頭。

「鬼身修煉到這種地步不容易，半是機緣，半是天賦。」老大爺嘆氣，「只等你自行煉滅愛恨貪瞋，就有希望遞補上去。二、三十年都這麼安分修煉過去了，現在是怎麼了？」

「我喜歡她。」何以風流淚，「我只是隨口跟她玩笑，她卻這麼認真的勸我。心底雖然怕翻了，還是痛打了我一頓。這麼仁慈又有勇氣的姑娘哪找呢？」

……我不要當什麼仁慈又勇敢的小姑娘！我更驚恐的貼近徐道長，拚命搖頭。

「你休起妄想！」徐道長怒喝。

「追女生也不是這麼追的嘛。」老大爺勸著，「願不願意，還是要看小燕子……」

「我不願意！」我探出頭大吼，又趕緊縮回去。

最後在老大爺的和解之下，他答應不再嚇我，徐道長不對他動手，就這樣落幕了。

我一路哭，一路讓徐道長拖著手腕。我猜他很氣，因為他握得我手腕好疼。但我真的嚇壞了，親眼見到果然好可怕。

找了處水槽，他弄溼手帕，幫我擦臉，還有手腳沾滿泥沙的傷口。

「幸好都是皮肉傷。」他低聲。

「徐道長，我不要被他追。」我哇的一聲哭起來，「老大爺說也沒用，我不要啦……」

他咬緊牙關，發出輕微的咯咯響。「他別想碰到妳一根手指，放心吧。」又把我的頭髮揉得很亂很亂。

於是我多了個追求者，讓女同學大為豔羨，每天送花，外加一大篇甜言蜜語。只是我都當作沒聽見，他也不敢靠近我三尺之內。徐道長他們師門的卻鬼符還是很有效的。

「……死牛鼻子。」何以風氣得咬牙切齒，「等我修行夠了，就先撕了那符！」

「你是什麼東西敢罵徐道長？」我對他撒潑，「想趕上他的修行？多修煉個三、五百年吧！實習土地公還遞補不上呢，猖狂個屁！」

「……小燕子，再多罵幾句。聽妳這樣嬌罵，真讓人……反正我早晚會是土地公的，妳就來當個土地婆吧。其實當鬼也滿好玩的……」

「去死吧！」忍無可忍，我抓起掃把把他趕出去，「滾滾滾！」

我的男人運真是差到爆炸。頭個是沒肩膀的弟弟學長就很慘了……第二個居然是個鬼，而且是個變態的鬼。若是每況愈下……

我恐怕這輩子都嫁不出去了。

為什麼會這樣……我矇住了臉。

之四　遙望

最近我的生活是一片混亂。

那隻該死的鬼何以風，每天都變化人形跑來煩，趕也趕不走，越罵越高興，越揍越舒服。我真不知道有人……我是說有鬼會變態到這種地步，簡直要把我氣死。

而且這隻死鬼是個有修行的「待遞補神明公務員」，小鎮的十字路口沒有道祖神做得久，他這個小有修行的鬼魂兒坐鎮，居然比那些正統道祖神少災禍，徐道長鐵青著臉轉述了老大爺的意思，要我裝聾作啞，好歹忍耐一點。

但徐道長話是轉達了，轉身就給何以風一記鐵拳，讓他的臉像黏土一樣貓了一大塊，半個小時才掙扎著恢復過來。

我真的很想自己去懇求老大爺，我一點都不想忍耐了。但那夜之後，我就聽不到老大爺開口，當然也見不到名為仁王的大老虎。依舊還是靈異視障人士。

幸好是晚上僻靜處，不是的話，校園怪談又添一條了。

不過我想，天界大約很缺乏人手，連這種人格有缺陷的變態鬼都要，真該有個神界人力銀行才對。

為了怕我危險，原本一、兩個月才來一次的徐道長，變成一個禮拜就來一次。他是答應老大爺不殺何以風沒錯，但只要讓他掐指算出何以風有任何不良企圖……

就可以看到被電得像史萊姆的死鬼在地上蠕蠕而動了。

我有很深重的歉意。聽說徐道長的師父雲濤道長是個了不起的高道，別說國內的達官貴人，連信天主教的外國人都偷偷來請，滿世界都有他的足跡。雲濤道長過世以後，徐道長就接下他沒完成的委託，忙個沒完，這兩年才稍微清閒一些，但也是勞碌奔波。

結果為了怕變態死鬼對我伸出魔掌，他每個禮拜都會盡量擠一天出來看看，我勸他不用這樣。

「我有你的符呀。」我真的很不想給他添麻煩。

「這等奸惡的東西，不好好看緊是不行的。」他又皺緊好看的劍眉，「起居當心些，讓妳貼的符貼了沒？別給他機會登堂入室！」

……我真的不能在宿舍裡貼那麼大張的符，室友會先嚇死吧？我只能折得小小的，用白色膠帶貼在牆上，祈禱室友沒發現。

「貼了。」我垂頭喪氣的說。理論上，我沒騙他。

這邊就鬧不清，小東小西又有新花樣。

那個丟臉的RAP大僟給他們很大的信心，他們決定要去參加淚光大道，果然一鳴驚人……他們氣勢萬鈞的在試唱會唱「電音白衣神咒」，結果讓試唱會所有的燈管都爆炸了，把評審嚇得要死。

雖然連初審都沒過，但他們這首「電音白衣神咒RAP版」，在網路上大大的紅了一陣子。

這給他們很大的鼓勵，認為創作找到了正確的方向。所以……他們開始著手寫新的歌。

他們一開始寫，社辦就雞犬不寧了起來。連我這種視障人士都覺得社辦越來越擠，臭味越來越重，葉勤學長的尖叫聲日創新高，雅意學姊吐到瘦了好幾公斤。

我哀求他們別再搗亂了，小東小西堅稱不是他們的問題。

這根本是睜眼說瞎話。等他們的歌曲完成，我就沈重的體會到這點。

那天他們很樂的對著我們發表新歌，一開口，葉勤學長叫都叫不出來，張著嘴，無聲的驚恐。雅意學姊很捧場的朝著垃圾桶吐。

「龍角吹來第一聲，一聲的確請東營！東營兵，東營將，東營兵馬九千九萬兵……噗噗噗噗噗、噗噗噗噗噗……come on every body！yo yo yoyo yo yo yoyo！」

天啊……我快要不能呼吸了。空氣，我要空氣……臭翻啦，我會被毒氣毒死……我正在為了空氣掙扎的時候，全社都躲在我後面，祈禱的祈禱，哭的哭，吐的吐。

「您啊叨啊公啊係啊有交代，三牲五禮拿來拜，oh yeah～oh yeah～」他們非常陶醉的比手畫腳，但我覺得這個不小的社辦重重疊疊的擠滿人，他們兩個不知道嗎？

我很想帶著社員逃出生天，但我「擠」不出去。

……沒有常識也要有一定程度的看電視。誰會無腦到用一毫不缺、極度正式的牽亡歌唱RAP啊？

等他們一曲終了，我已經翻白眼臭昏過去了。還是學姊學長一路尖叫狂吐著架著我逃出去，我還因此病了兩天，爆發過敏性鼻炎。

之後他們試圖唱這首歌的時候，就會被我拿著掃帚一陣亂打阻止，嚴厲的封印了這首歌。

別說我拿掃把打人很殘酷……讓我動上拳頭，那才是會出人命的殘酷。

我雖然從小就聞得到異類的味道，也知道他們的存在，但我實在太忙了，所以並沒有太大的困擾，身體一直都非常強壯，鮮少生病。

這次實在是太誇張了，除了小東和小西以外，我們每個人都病了一場。據學長說，附近想要超度的鬼魂都像龍捲風般「奔」了進來，最可怕的是，他們就這樣被小東和小西的表演超度了。

這對雙胞胎一遇到表演事業，渾然忘我，根本就什麼都看不到，等他們唱完，也就超度完畢，只奇怪我們怎麼都逃了。

超度是好事？不不不，絕對不是。我們都缺乏天賦，小東、小西只有一把嗓子上達天聽（？），沒趕上的當然會火大，期待下場演唱會開始……這對不知死活的兄弟被跟了一大串，偏偏都在背後，嚇到（和臭昏）的是我們倒楣的社員。

還是靠徐道長驅邪，又把這對腦袋有黑洞的兄弟罵了一頓，這才了事。

但我追出去要把徐道長忘在社辦的包包給他時，發現他在停車場，看著歌詞不斷發笑。

「……這該說有天賦還是沒天賦呢？這些孩子真會想……」

「我寧可他們沒天賦哪。」我嘆氣的送上徐道長的包包。

他忍了忍，爆笑起來。「……告訴我，你們的大儺是怎麼進行的？」

這麼丟臉的事情，我怎麼說得出口？「……我記得他們有錄起來。」

「務必給我一份。」

我也不知道三劍客怎麼會想拍這個，但我還是悶悶的轉錄了備份，寄給徐道長。

他根本沒等下個禮拜來時跟我講感想，直接撥電話給我。我握著手機，聽他狂笑了兩分鐘。

我的臉孔一陣陣發燙，難堪和丟臉如海潮般不斷震盪我可悲的心胸。

好不容易停住笑，他深深吸了幾口氣，「……他們的能力很不穩定。妳看好他們……噗，哈哈哈哈哈～綳雌綳雌……哈哈哈哈～」

我羞愧到想倒地不起。

*　*　*

和徐道長越熟，越發現他在別人面前總是板著臉，但會失態狂笑，只會讓我看到。其實他沒想像中嚴肅嘛。

我也不知道為什麼，明明他又凶又暴躁，卻跟他相處的比其他同學都好。或許是因為當了太久的姊姊，我的心境整個提前蒼老了吧？連大四的學長學姊我都覺得幼稚，也許是社團的學長學姊們做了最差勁的示範。

我也必須承認，跟徐道長相處的時候，我有種強烈的「鬆了一口氣」這樣的感覺。糾纏不休的責任感，終於可以暫時放下，不那麼累了。

我猜，這就是被疼愛的感覺吧？

所以，徐道長在四月底跟我說，他得離開幾個月應付梅雨季時，我有點落寞。即使他先行把何以風電個金光閃閃，讓他在十字路口養傷，不來煩我，也沒讓我覺得好過一點。

「學校不會有事的。」他揉了揉我的頭髮，「除了學校的事情，其他事情妳也可以打電話給我。手機號碼還留著嗎？」

我點頭，「有。」設法擠出一個笑容。

他沒說什麼，又把我頭髮揉的更亂。「……好好用功。」就轉身走了。

離家念書這麼久，我頭回覺得很孤獨。什麼都要自己面對，好累。但這樣的憂鬱維持不到五分鐘，等我打開社辦大門，就完全終止了。

小東小西正在唱金剛經RAP版，我再次的拿起我的掃帚凶器。

總有一天，我一定會失手打死這兩個腦袋有黑洞的白痴。

梅雨開始下了。

我半夢半醒的，恍恍惚惚。覺得自己足不點地的，隨著雨和風前行。我聽到黝黑的河水轟然如雷，張牙舞爪的咆哮。

要發洪水了。我心底想著。累積許久的、對人類的怨恨，要爆發了。

一個穿了一身黑的人，對著黑暗狂暴的河水朗聲誦著經文，狂風驟雨都吹不去他的聲音。在鋪天蓋地宛如黑墨的夜裡，穿著黑衣的人卻清晰的像是發著微光。

身不由己的靠過去看，是徐道長。

河水快吃掉他了。浪潮捲得好高好高。

「不要！」我大叫，抓著掃帚，柄抵地而帚朝天，我猛然頓地蹲伏，「走開！」

千軍萬馬似的河流倒捲，發出更憤怒的吼聲。

「妳在這裡做什麼？」徐道長臉色都變了，「快回去！」朝著我的肩膀猛然一推。

我猛然驚醒。一開始，我以為是冷汗。但冷汗會多到從手指滴落嗎……？

我想下床，卻覺得全身痠痛，腿幾乎抬不起來。真是奇怪的夢。我吃力的爬下床，找了乾淨的衣服去浴室洗熱水澡。

但讓我覺得困惑的是，我的睡衣全溼了，但床鋪一滴水氣都沒有。

這樣的夢，我連做了六天，唯一的不同是，徐道長越罵越凶。我越來越累，上課都趴在桌子上睡覺，巡邏我根本去不了，讓小東小西去唷唷耶耶，只是嚴重警告他們別亂開演唱會。

第七天下午，徐道長打電話給我。「……別再離魂了！妳的能力非常不穩定，根本不是玩這種把戲的料子……」

「離魂？什麼？」我只覺得茫然。

他安靜了好一會兒，「……妳有做什麼奇怪的夢嗎？」

「有啊。」我坦白，「要發大水了，每晚我都跑得好累，但不跑又不行。」

他沈默更久，悠然的嘆了口氣。「……妳來吧。晚點我派人去接妳。」

我納悶了。但可以見到徐道長我還是很高興的。果然大約一個小時後，就有個乾乾淨淨又靦腆的小男生來了。

「如劍師兄要我來接小燕子。」他怯怯的站在社辦門口。

他的話剛說完，社員安靜了一秒鐘，齊齊看著我，我一個個瞪回去。這些莫名其妙的傢伙。

我起身，抓著外套就跟這小男生走了。

雨，又開始無止無境的下。

小男生開吉普車，幾乎沒跟我說什麼話，只是好奇的偷看我。他只說他是徐道長的同門師弟，但師父不同。他講的那些繞口的名字我也沒記住。

開了很久，兩、三個小時吧？我們越走越深山，有些地方幾乎沒有路，是跟著輪胎印強行過去的。

最後我們在一個簡陋的工寮停下來，我要下車時，徐道長撐著傘等我。

他好憔悴。我心底有種難過的感覺。

才一個月沒見，他整個消瘦疲憊。我猜是遇到麻煩了，我還讓他擔心，甚至找人接我過來。

「……妳這什麼樣子？」他發牢騷，「臉都瘦了一大圈。」

「呃，徐道長，我只是做了惡夢，你真的不用在意，我來又不能做什麼……」

「不是要妳做什麼。」徐道長的劍眉又皺攏，「妳不能這樣夜夜離魂了。我知道妳不能控制，乾脆讓妳在這裡。」他靜默了一會兒，「兩害只能取其輕。」

離魂？我？

他沒再做什麼解釋，只是催我穿上雨衣雨鞋，並且拿傘給我。

「不管發生什麼事情，妳都別講話也別動，懂嗎？」他按著我的頭。

「好。」

我跟在他背後，走入風雨交加的雨夜。

坦白說，我不知道他們在做什麼。

我以為會有壇啊，什麼七星陣啊，結果都沒有。徐道長就如在我夢中所見，站在河岸邊，轟然澎湃的河水聲異常可怕，在如墨的夜色中，一聲比一聲高亢。

看不見的對岸，響起鈴聲，鈸響鐘鳴，我猜這是做法事用的法樂吧？

徐道長舉起一把桃木劍，躬身長揖，開始舞劍。

後來我才知道這是道家儀式的一種，俗稱武場。他一面舞劍，一面念念有詞，隨著抑揚頓挫的朗聲，河水卻越來越高漲，像是有生命般。

劈哩啪啦一聲巨響，欲發的洪水捲成一條昂然而模糊的「龍」，對著徐道長發出響亮而狂怒的雷鳴。

我這個靈異視障兼聽障人士居然聽懂龍的意思。

這樣就足以了恨嗎？

打從心底冷了起來，我卻一步也不敢動。

我不知道這儀式持續多久，只覺得冷汗不斷的冒出來。洪水高漲又退縮，退縮又高漲，龍的狂叫一聲比一聲急，一聲比一聲怨恨。

轟的一聲，對岸發出驚叫聲，法樂也停了。

徐道長倒退一步，悶哼一聲。

「不行了，師兄！」小男生衝過來嚷，「撤退吧！所有的樂器都粉碎了……對岸的師兄們都已經撤走了……」

「你們退！」徐道長狂吼，他轉頭我才看到唇角有血。他望著我，猶豫不決。眼神又復剛毅，「小燕子，到我背後來。」

我跑過去，全身都在發抖。

「師兄！」小男生更急了。

「她不會控夢，也不能退。」他拭了拭嘴角，「連續離魂七天，一樣也是沒命。不如陪我賭一下。你們退！有什麼萬一……你們還可以把災害減到最輕！」

他發出幾近野蠻的怒吼，將桃木劍指了過去。像是對他挑戰一樣，河水也發出轟然大響。

坦白講，直到現在，我還不知道發生什麼事情。但如果真的發了大水，災情可能非常嚴重吧？因為我隱隱的聞到濃重的酸味，那是有人快死的味道。這樣強烈而濃郁，我很害怕。

但我想，徐道長大概是輸了。他的眼睛流下兩行血淚，像是被什麼無形的力量打中，撞到我身上，連我都覺得骨頭要斷掉了。

他張口吐了口血，摸索著桃木劍。我覺得毛骨悚然，伸手在他眼前晃了晃。

他看不見了。

而水，來了。

「不！不要！」我將被風吹得剩下傘骨的傘尖插在地上，「走開！」

大水因此遲滯了一、兩分鐘，我想。

徐道長按著我的肩膀，低聲，「跟我這樣說……」

我連想也沒想，「臨兵鬥者，皆陣列前行，常當視之，無所不闢！」

隨著我虛弱的吼聲，洪水像是被劈成兩半，轟然的露出底下的河床。哀號的聲音宛如龍吟。

然後一陣悠然的簫聲，從對岸傳過來。抓著我肩膀的徐道長一震，手指用力了。我想喊痛，又吞了下去。

因為他說，「……師叔。」

只有兩個字，感覺卻非常非常複雜。有歡喜，有哀傷，懷念、悔恨，好像還有點煩惱與模糊。

也可能是我想太多了。

他淋溼的臉孔感傷的笑了一下，又復堅毅。他朗聲念著祭文，聲音傳得很遠很遠，風雨也不能侵擾。

發出一聲嚎啕似的潮聲，河水溫馴下來，嗚咽般潺潺而去。

「……小燕子。」他的聲音溫和疲憊，「還記得回去的路嗎？」

「我很會記路的。」我哽住。這個時候，所有的擔心和害怕一起爆發起來。

「妳帶路吧。」他抓著我的肩膀，「沒事的，已經沒事了。」

工寮不遠，但幾乎都是泥濘的上坡路。在我心目中無所不能的徐道長，跌倒好幾次。我完全忘記害怕，只覺得心酸難受到極點，把他的手拉過來繞著我的肩，吃力的將他扶過去。

工寮外面破舊，裡頭倒是很舒適，有套房水準，甚至還有熱水。

我打了盆熱水，試著抹去徐道長臉上的血漬。「我打電話叫救護車。」

他搖頭，「去醫院也是沒用的。我是使力過猛，塞了經脈。等我靜心入定就好了……」短促的笑了一聲，「但我現在靜不下心。」

擦著他傷痕累累的手，我滴下眼淚。

「有什麼好哭的？我不是真的瞎了。不要怕，剛剛妳還那麼勇敢呢。妳是隻有勇氣的燕子。」他摸索著站起來，「幫我拿一下衣物，我去沖洗一下。」

我知道他一直很愛潔，什麼都弄得乾乾淨淨的。他就對我的舊布鞋皺過眉，教訓我衣不潔而心不正。

就算看不見了，他也很堅持這個。我把臉埋在毛巾裡拚命哭，這夜真的驚恐過度，我一直都生活在安全的世界，沒見過這樣的凶險。

「死撐著一個姊姊的殼，結果妳還是個小孩子嘛。」徐道長輕笑，他已經洗去一身泥濘，難得的穿著雪白的唐裝。「我記得還有我的衣服，妳找一找。別著涼了。」

我乖乖的去洗澡。他的衣服，我穿起來實在太大，長褲就真的不行了。反正他這件長衫都被我穿成長旗袍了，應該也還好吧？

等我走出去，他正望著窗外發呆，頭髮溼漉漉的，看起來更年輕。

「……徐道長，你要擦頭髮嗎？」我小心翼翼的問。

他大夢初醒，「沒關係，很快就乾了。」

遲疑了一下，我嘗試的幫他擦頭髮，但他沒閃也沒避，只是有些無奈的笑，心神像是飄得很遠很遠。

「那是我師叔。原本是大我好幾屆的學長。」他模糊感傷的笑了一下，「也是我這一生，唯一愛過的人。」

我張大了眼睛，停下了動作。哇塞，威力好強的八卦啊～

「呃……性取向這種事情也是沒辦法的。」

「就跟妳說我不喜歡男人了！」他又恢復回暴躁的徐道長，「小孩子該念書不念書，滿腦子塞這些亂七八糟的，還有地方塞課本嗎？……」

「可你不是說喜歡你學長嗎？」我爭辯，「總不會學長是女的吧？」

「……是啊。」他停住長篇大論的訓話，表情柔軟。「認識他以後，真的是好喜歡好喜歡他，喜歡的不得了，只想跟在他身邊，注視他的一舉一動。我是喜歡這個人，不是他的性別啊……」

他輕笑了兩聲，「小燕子，妳還年輕，像是剛發芽的幼苗。心底坦蕩純潔，還沒有污點。所以，做任何事情都要謹慎小心，不要讓未來的自己感覺羞愧。像我……現在想起來，會覺得非常羞恥。」

我不知道該說什麼，他是長輩，我很敬愛的人。他跟我說這些隱私，妥當嗎？但他的表情，真的非常非常憂傷。

遲疑了一會兒，我小心翼翼的把手放在他的掌心。「徐道長，愛一個人是沒有罪的。」

「強迫愛的人接受自己的愛意，是一種羞恥。」他回答。

想了一會兒，我不知道怎麼安慰他。我沒這種經驗。弟妹常說我拳頭比腦子好使，恐怕他們是說對了。

握緊他的手，我說，「以後不要這樣就好啦。一直想著會讓自己羞愧的事情，又不能用橡皮擦擦掉過去。就像……」我的臉孔燙了起來，「就像我不能一直想著那本可恥的同人漫畫一樣。」

他緩緩的張大眼睛，感傷的神情轉變成忍俊不住。「……但我留著一本呢。」

「徐道長！」我尖叫起來。

他大笑，「我覺得很有趣啊，原來我在他們眼中好像惡魔一樣……而且說真話，重點都沒畫出來啦！」

「你還想看什麼重點啊！」我快氣死了。

我氣死了，但氣氛卻輕鬆很多。他絮絮的跟我說了好多跟學長間的點點滴滴，因為學長擅長吹簫，他還刻意去學了笛子。用一種柔軟、愛慕的語氣。

「……還很喜歡他嗎？」我小心的問。

握著我的手，他沈默了一會兒。「我……我不知道，說真的。我曾經非常強求，但也強迫過自己遺忘，最後放棄掙扎和回想。剛剛我聽到他的簫聲……很多感覺一起湧上來，但最後卻只有平靜，卻不是不甘願。若是以前，我可能游泳也游過去見他一面吧……」

他露出一個非常平靜的笑容，「但又覺得不用了。」他仰首，「沒想到我到年近半百，才能解脫情孽。我的確很不擅長與人來往啊。」

雖然不應該，但他這刻的表情真的……很好看。

「我不該跟妳講這些的。」他靜靜的說。

「呃，不然你能跟誰說呢？」這個我就懂了。「徐道長，你說過你和我有點像，我也覺得。我們這種人，又不能跟誰軟弱，不然依靠我們的人，就會驚慌害怕。」

他的表情柔和下來，輕撫著我的頭。「……我年輕的時候，實在錯過最美好的事情。若我結婚生子，說不定就有妳這麼貼心的女兒。」

常常舉起拳頭也沒關係嗎？我老爸可是常常掩面偷泣的。

「我一直不喜歡去外婆家。」我說，「我外婆很愛我們這些小孩，對我媽的態度卻很惡劣。我媽都說沒關係……但我知道她一直很傷心，所以對我們兄弟姊妹都很公平，都愛這樣。我問過外婆，她只說我媽討人嫌，但認識的人都喜歡我媽，除了我外婆。」

他很專心的聽，或許是因為看不見吧？

「我是運氣好，媽媽愛我。也有人不愛自己女兒，或女兒怎樣都不愛媽媽的，所以你沒錯過什麼呀。」

他沈思了一會兒，點點頭。「也對。我不該私自的把妳當成女兒，那我們就當一對忘年之交吧。沒想到我會在近半百的年紀，交到妳這樣坦蕩可愛的小朋友。」

這個我就喜歡了。「好啊，徐道長，我很開心。」

他讓我去床上睡，說要打坐靜心一下。我上了床，卻在床側摸到一個長長的袋子，摸起來好像是笛或簫。

「徐道長，這好像是笛子。」我遞給他。

他摸索了一會兒，打開袋子，取出一把竹笛。「這是學長送的，我一直都擺在身邊。」他溫柔的笑了一下，「山雨淅瀝，是該吹首曲子。」

他橫笛，初音宛如天風。我白衣的忘年之交，意態瀟灑悠閒的吹著笛子，宛如謫仙般衣袂飄舉，像是要乘風而去。

在悠遠的笛聲中，我得到了許久未得的空白好眠，不用再魂飛千里。

天亮的時候，徐道長的眼睛就看得見了。他說吹完笛子就靜得下心。

「那你要常吹才不會一直罵人。」我說。

誠實總是沒什麼好結果的，砍櫻桃樹的故事絕對是騙人。因為徐道長就賞了我一個爆栗，根本沒誇獎我。

雨停了。看著徐道長分外平靜的臉孔，我想他長久鬱結的梅雨季也過了吧？因為他後來訓起我來分外振振有辭和長篇大論。

「我連什麼是離魂都不知道！」我抗議了。

他很沒辦法的搖頭，「其實，妳不算沒有天賦……但妳的天賦太不穩定，修煉定當走火入魔。」

「我沒有要修煉啊。」我看了他一眼，「只是你以後應該還是這麼年輕，我就成了老婆婆了。」

「亂講。才幾歲就想到老婆婆。」他又皺眉。

要回去的時候，他寫了一張紙條給我，「這是妳真正的名字。」

上面寫著：「光風霽月。」

「啊？」為什麼這是我的名字？我明明叫做鄭燕青。

「每個人都有最貼近自己本質的名字。」徐道長解釋給我聽，「但真名要謹慎收藏……」他將「光風」撕下來，握手就不見了，「這兩個字我幫妳保管，省得妳傻傻的讓人知道。」

我望著手底的「霽月」發呆。真名？我還真不懂這有什麼用處。

「我的真名……」他笑了笑，「叫做神獄。完整真名是神威如獄。妳要保管好喔，因為我樹敵很多，若哪個宿敵知道了……我可能馬上就死掉了。」

我張大眼睛也張大了嘴。「……那你告訴我幹嘛？」

「既然我知道妳的真名，當然也要讓妳知道我的真名啊。」

他說得倒輕鬆！

「……你改個真名吧！」我嚷了起來，「萬一我不小心透露出去怎麼辦？」

「就等死啦。」

「徐道長！」我叫了起來。

＊　＊　＊

今年的梅雨季，沒有造成太大的災害。但徐道長派人接我過去，我還通宵不歸……卻造成很大的災害。

這些學不乖的學長學姊，又畫了更令人火大的同人漫畫，幸好還是草稿階段而已，只是他們實在太散漫，也太不會藏東西，被我翻到了。

他們受的傷很輕，但我們社辦卻犧牲了三張桌子和兩張椅子，掉下來的微波爐，裡頭的盤子摔碎了，咖啡機也正式陣亡。

「敢再畫，這些就是你們的榜樣！」我踢開擋路的破椅子，大步走出去。

但我忽略了他們堅強的同人魂。他們改用電腦繪圖，躲過我的緊迫盯人，誓死不悔的出版了第二本。

……掃帚真的不夠用了，不知道哪裡有賣方天畫戟？我很迫切的需要。

之五 離魂

當我發現他們取名為《燕子與黑執事的祕密戀事》第二集的同人漫畫時，天空很應景的劈了一道雷，轟隆隆，完全貼切的展現了我憤怒的程度。

我正氣得發抖，學長學姊抖衣而顫時，小東小西還火上加油的發表新歌，「yoyo缺課 in 缺課 out，燕子魔斯拉沿途破壞那個各大城市啦～綳畦綳畦綳畦……台北、板橋、桃園……綳畦綳畦綳畦……」

我受不了了。

這次我掄起兩把掃帚——你沒看錯，左右開弓。在葉勤學長護著雅意學姊要奪門而出的時候，我大喝一聲，把左手的掃帚投出，轟的一聲讓他們嚇軟了腿，只能抱著發抖。

我說過嗎？我國小的時候是田徑隊的，專門擲鐵餅。

念在學長娘炮歸娘炮，還知道誓死保護女朋友的份上，我把矛頭指向那三個冥王星人，決定以霹靂手段，實施菩薩心腸，省得他們將來真惹來殺身之禍。

就在我紅著眼奪命追殺的時候，覺得我被凌空抱起，我一個後肘攻擊，順帶起棍，大罵著，「放開我！」

沒想到被輕鬆化解，掃帚被奪走，外帶腦門中了一個爆栗。「有什麼話不能好好講，需要這樣動手動腳？」

我這才看清是徐道長。難怪……我就想有誰打得贏我。這些沒用的傢伙，一起躲在徐道長後面抖衣而顫。

捲著袖子，我大罵，「別以為這樣就沒事了……」

徐道長真是超過分的，他用一根指頭指著我的眉心，我就僵住不能動了。

「到底是怎麼回事？」他橫眉豎眼的問。

葉勤學長眼淚汪汪又結結巴巴的招供了，抖著手把那本天打雷劈的同人漫畫雙手奉上。

徐道長翻看起來，「劇情太薄弱了，線條也不穩，效果線用太多……不過給我一本吧。」

「小燕子不打我們的話，十本都行。」葉勤學長雙手合十。

「徐道長！」我尖叫了。

但他把我扯出去，一路任我憤怒的哭罵，開到山下的咖啡廳，「一杯漂浮冰咖啡，一杯藍山。」

專心吃漂浮冰咖啡的時候，我是沒時間哭罵的。正意猶未盡，他又叫了一杯。我不得不承認，比起年紀可以當我老爸的徐道長，我的道行真的太淺。

「這次他們改名字了。」徐道長居然反過來替他們說話！

「燕子和小燕子有什麼差別?!」我的火晃的冒上三丈。

「有啊，燕子兩個字，小燕子三個字。」他氣定神閒的說。

……我我我，我真爭不過他。我不但處處居於下風，他還義正嚴辭責怪我不該破壞公物，濫行暴力，又從格物致知講到齊家治國平天下，沒完沒了。

頭昏腦脹之餘，我求饒了。

「但絕對沒有下次！」我吼，擦掉眼角的眼淚。

「好好好，我會好好念他們。」徐道長點頭，遞手帕給我，「去擦個臉，都成花貓了。」

但我覺得徐道長根本不像是在罵他們的樣子，還真收了他們的賄賂。

……男人真是一種不可以相信的生物！

晚上去巡邏時，我真是氣得牙關咯咯響。何以風居然挑在我氣頭上跟我囉囉唆唆，這次我一點都沒有留情，把他打出圍牆，化成天邊的一顆星星。

這件事情好不容易平息了，當月的十六，我們在老大爺的案下，掃出數量驚人的意見函。

而這次根本不用分門別類了，完全都出在女生宿舍。她們說，有個女鬼在兩點後，穿過七樓的牆壁，橫過整個樓層的寢室，然後消失。

奇怪，我也住女生宿舍呀？不過我一向巡邏過後就睡了，那個時間，我睡得正熟。但我看社團記事簿，說我們宿舍門口的大樹是女生宿舍守護者，不應該放什麼怪東西進來呀？

雖然疑惑，但既然多半都是我在巡邏校園，又住在女生宿舍，我還是去看看好了。但生理時鐘實在很難抗拒，十二點不到我就呵欠連連，撥了鬧鐘，我決定一點五十起床去看看。

鬧鐘吵醒了我，我按停了。又睏又疲勞的揉著眼睛，一間間巡邏過去。此起彼落的尖叫聲讓我很困惑，雖然看不到，但我也沒聞到任何異味。

我想是集體歇斯底里？還是跑出去了我不知道呢？

反正都起床了，就順便巡邏校園吧。學校真的很大，連我這有運動習慣的人都會覺得累。但今天倒是意外的輕鬆，或許最近我的體能有進步了。

我繞到土地祠，意外看到老大爺在瞪我。不只是祂在瞪我，連祂案下的仁王都鑽出來，張著嘴。

「……ㄚ頭，妳在這兒做啥？」祂很輕又很謹慎的問。

「巡邏校園啊。」我盯著祂看，「哇……老大爺，你真的會說話欸。」

「廢話！」祂罵了一聲，又忍住了。「女孩子半夜出來走動不安全，仁王，送她回去。」

「請隨我來，沈默的默娘。」大老虎對我點了點頭。

「哇，仁王，你也會說話啊?!」我大為驚嘆。

「……是呀。」祂一臉想笑又不敢笑，「隨我來。」

其實照我的身手……別主動去挑釁別人，通常可以全身而退，我不知道祂們做什麼這麼緊張。不過我還是一面跟仁王閒聊，一面走回宿舍。

沒有風，但我們女生宿舍前的大樹，樹葉卻拚命沙沙響。

「安分點。」仁王淡淡的說。

樹葉突然一響也不響了。

我想看清楚點，仁王卻拱著我的背，要我進去，還一路跟到我的房間。祂低頭，「晚安，沈默的默娘。」

「晚安，仁王。」祂這麼有禮貌，害我趕緊回禮，差點磕到門。

睏死了，我又回去睡，然後一覺到天亮。

但第二天整個宿舍都大轟動，到處都有人在講女生宿舍鬧鬼。奇怪，就沒有啊。我很納悶，決定晚上再看看，但是那天我真的太累了，睡到天亮，覺得有點內疚。

所以隔天晚上吃過飯我就睡了，一點半的時候一定爬得起來。

但我這人沾枕以後要清醒真是困難極了，按掉鬧鐘，我睏得想哭。呆坐了一會兒，我慢吞吞的一間間巡邏，又是此起彼落的尖叫聲。但什麼味道都沒有，何況我帶著卻鬼符，真有什麼鬼也跑光了。

那她們叫什麼叫？

我氣悶的往校園走，反正起床了，順便巡邏一下校園好了。居然會遇到何以風。

他瞪著我看，左繞右繞，還戳了戳我的臉頰。

「你想死啊?!」我對他揮出一拳，卻覺得有點虛浮。怪了，我晚餐沒吃飽？

他呆了好一會兒，在我面前豎蜻蜓、翻跟斗，跑來跑去，放煙火。

……鬼也會發瘋？

「來來來，跟我來。」他一把抓住我，扯了片樹葉，紮在我腳上。然後我身不由己的跟他跑起來，身邊的景物模糊快速的往後飛。

「何以風！切勿自誤！」仁王在後面邊追邊叫。

「嘖。」何以風在地上畫了一道，瞬間成了川流不息的車水馬龍，仁王被擋住，跟我們的距離越來越遠。

感覺？我覺得我好像沒睡醒，還渾渾噩噩的。

現在是在演哪齣啊？

坦白說，我真的不知道他在搞什麼。而且，十字路口為什麼有地下皇宮，我也百思不解。

他把我帶到那個富麗堂皇到接近可笑的大廳，叫僕人推出了好幾百件的禮服展示，問我喜歡哪一件。

「啊？」我摸不著頭緒。這些衣服不是裙襬長得可以跌死人，就是短得遮不住內褲，胸口都是創歷史新低的。我要穿這些，不會乾脆跟我們學長學姊去cosplay？他們手藝可精緻多了。

「旗袍？」何以風一怔，「也對也對，來人啊，古典風才是王道啊。」

要穿這些，我不會穿徐道長的長衫喔？最少保守又有幾分仙氣。

然後我又看到幾百件各式各樣奇模怪樣的旗袍。

「妳看這件怎麼樣？」他很興奮，「黑底火鳳燎原，真是又富麗又霸氣啊，多像妳啊～」

……鬼真的會因為腦殘而發瘋嗎？

「而且跟我的衣服是一對的唷～」他瞬間換上雪白唐裝，我突然想起徐道長穿過這套。那天他就是穿這樣吹笛子。

「妳果然喜歡～」何以風扶著臉害羞，「看後面妳會更喜歡！」

他轉身，唐裝後面繡著一隻張牙舞爪的金龍，聳有又力，加上那四個字「飛龍在天」，真是台客到爆炸。

我還沒鬧清發生什麼事情，何以風的僕人奔進來附耳低語，他大驚失色，「怎麼會這麼快?!」

「有高鐵啊……」僕人苦著臉。

「真是萬惡的高鐵！要這種東西做什麼?!」何以風暴跳，「出去出去，都出去守著！看起來要造成既定事實了……」

他沒等人走清，就撲上來了。我一拳打過去，意外的只讓他臉一偏，然後被他架住。「我也不想這樣。」他充滿歉意，「但機會難得，婚後再來慢慢培養感情好了……」

什麼婚後啊？看他的臉越來越近，我大急，唯一念過的咒湧上心頭。「臨兵鬥者，皆陣列前行，常當視之，無所不闢！」

他的腦袋整個炸爛了。他尖叫，我也跟著慘叫起來。

「……小燕子，妳真的好帶勁喔。」那些爛肉像是拼積木一樣飛快的拼回來，你絕對不會想在場觀看的。「不要掙扎了……」

我舉起拳頭，卻無用武之地。因為整個大廳坍方了一大塊，徐道長將何以風拖住後領，看也不看的甩到牆壁上，造成更嚴重的坍方，撣了撣身上的塵。

「畜生，這是你逼我的。」徐道長冷冷的說，「我答應老土地留你一命，不過就是一命而已。」

場面實在太血腥了，不得不馬賽克處理，讓我們直接跳過這段。

我只能說，等徐道長扯著我出去時，何以風像是一灘絞肉，在地上試圖把自己拼起來。

「大約十來年就拼得完全吧。」徐道長獰笑幾聲，「你剛好順便懺悔，認真修行。別老跟在女人屁股後面，試圖當什麼強暴犯！」

被他扯著手腕踉蹌前行，其實我心頭有種怪異的膽顫，我現在有點明白他的真名是什麼意思了。

他把我扯到車子前面，我猜是租來的吧。但讓我目瞪口呆的是，車子裡還有個閉著眼睛的徐道長。拉著我的徐道長走入車子裡的徐道長，然後睜開眼睛，皺著眉瞪我。

沒好氣的下車，「瞧瞧妳這什麼樣子！連離魂了都不知道！」

離魂？我低頭看著自己有些模糊的手掌。我該不會……該不會……該不會只有靈魂狀態吧？

這一嚇非同小可，我開始覺得足不點地，夜風一颳，我就身不由己的被吹走了。

我很想抓住什麼，可惜只抓到一把空氣。

「妳是怎麼樣，我的天……」徐道長也慌了，他念了幾句嘰哩嗎拉，風就往他那兒颳，他抓著我的手扯下來，但我踏不到地板。他一放手，我就往上飄。

救命啊！

「……抱住我脖子。」他無可奈何的將驚慌過度的我抱起來，「抱緊。」

我冒著冷汗抱住他的脖子，他托抱著我。我只看過我爸媽這樣抱弟妹，我自己還沒被這樣抱過哩，最少我有記憶的時候沒有。

他看著我，疲勞的嘆口氣，罵都罵不出來。

試圖把我綁在助手座，但我總是身不由己的飄上去，就要透車而出了，「哇哇哇～」我揮手拚命大叫，掙扎著抱住他的脖子，死都不敢放手了。

「……這樣我怎麼開車？」徐道長暴躁起來，「我問妳，妳是否有瀕死經驗？還是一次解決好了，到底是在哪嚇離了魂？」

這個問題，真的還滿尷尬的。我咬著食指，試圖想起來。「……是差點在游泳池淹死那次呢？還是在五樓跌下來那次？不不，應該是被卡車撞到那次吧？還是廚房失火那次呢……」

我還沒算完，徐道長的臉色黑到不能再黑，快發紫了。「……妳是怎麼回事啊?!妳怎麼活到現在的呢？妳不像是會自己去找麻煩那種啊，妳……」

他的臉色又暗了一個色度，「妳該不會又是去奮不顧身……」

「我有五個很愛惹麻煩的弟妹。」我搔了搔頭，「年紀小的孩子又不懂事，難免啊。我是他們的姊姊……」

他不等我說完，忿忿的往車頂一捶，車頂馬上貓了一大塊。租來的車這樣破壞……不好吧？

「笨蛋！」他的聲音真是震耳欲聾。

我氣憤的頂嘴，「換做是徐道長，也跟我差不多啦，難道你也是笨蛋？」

他一時語塞，無話可說，又捶了一下車頂，氣得咬牙切齒。我就說他脾氣太暴躁，總有一天會鬧出心臟血管疾病。

「對！我是！」他繫上安全帶，把我抱在他懷裡，悶悶的開車上山，然後從停車場把我抱到女生宿舍，一直到我的「身體」那邊。

我曾經以為，靈魂是沒有感覺的。但我錯了，感覺反而更細微、記憶深刻。不用盯著他看，我也能感覺他臉孔的每道線條，和長年皺眉的怒紋。

他想把我放進身體裡，我卻抱著他脖子不放。他張大眼睛，不太自在的粗聲，「被抱上癮囉？」

「不是啦。」我沒好氣。或許是我對今晚發生的事情沒有實感，才會這麼做吧。

我伸手想撫平他眉間的怒紋。「別皺眉啦，臉上沒半條皺紋，就多這道破壞畫面。」

「……傻丫頭。」他將我抱緊一點，很疼愛的。

我覺得，心情真的好平靜。

他把我放進身體裡，在我眉心按了按，我勉強睜開渴睡的眼睛，對他微微笑笑，又睡著了。

不知道是不是做夢，我好像聽到他輕輕的喊我霽月。

後來徐道長試了很多辦法，我睡著以後偶爾還是會離魂，讓他傷透腦筋。後來他鄭重的給我一串黑黝黝的佛珠，叫我不管怎樣都不能拿下來。

但他帶著相同的佛珠，讓我心底覺得有點怪怪的。

「因為我束手無策了。」他嘆氣，「妳身體和魂的聯繫太薄弱，青春期又來得特別晚，現在妳太不穩定了，更容易離魂。」他沈默了一會兒，「最近出了點事情……我不能常來，又快放暑假，妳要回台北了。在校內離魂就算了……在外面……」

他的眉頭皺得更緊，但我清醒的時候，可沒那個膽子去抹他的怒紋。

「既然我們互相知道真名，就用這個當聯繫，好綁住妳的魂吧。」

我是聽不懂啦，但我覺得耳朵有點發燒。他望我一會兒，又叮嚀了幾句，揉亂我的頭髮，就走了。

我有種……心底空空的感覺，好像快感冒那種虛弱感。

直到小東、小西在我後面唱「oh my love~yoyo 缺課in缺課out yoyo~」才驚醒我。一回頭，葉勤學長和雅意學姊交握著手眨眼睛，三劍客在爭辯戀父情結和蘿莉癖的相輔相成。

我握緊拳頭。

之六 暑假

提著行李回家，其實我是很開心的才對。

我們家並不富有，爸媽供我念大學就很辛苦了，又嚴厲不讓我打工，所以我逢年過節也不回去，畢竟旅費也是很貴的。

幾乎只有寒暑假才回去，說真話，我真的很想念他們。

最高興的應該是大弟，他終於擺脫家事的束縛，還把抹布扔到天花板去。在我嚴格（？）的教育下，我們家倒楣的男人沒什麼父權優勢可言，三個弟弟都跟兩個妹妹一樣，該煮的飯就是要煮，該洗的碗就是要洗，我既然去念大學了，小我一歲的大弟就乖乖給我接手主持家務，敢多說一個字就先試試我的鐵拳。

他拿圍裙拭淚，「天幸過了暑假換我念大學了～～」然後號啕大哭。

……就做個家事，照顧四個弟妹和爸媽，有這麼嚴重嗎？

不過念及他最後一個高中的暑假，我就接手了家事，讓他有機會出去享受一下暑假的氣氛。

每天都是熱鬧歡騰的，弟妹在我的愛的教育和鐵的紀律中過日子，我每天拍著弟弟的腦袋罵臭襪子亂扔，威脅要把妹妹公然擺在書桌上的胸罩拿去釘在公告板。

白天的時候無暇想什麼，但要睡覺了，又覺得有點虛弱的感覺。

想來想去想不通，但我常常夢到穿著白衣吹笛子的徐道長。我猜是因為那串佛珠的關係……吧？

也可能不是，但我不願多想。

其實，我有徐道長的手機號碼，講個電話也不是很多錢，我的手機每個月都講得很少。甚至他還叮嚀過我他有國際漫遊，撥個電話給他就掛斷，他看到號碼就會回電。

但我還是沒有打。

頂多頂多，他就是我的老師，一個忘年之交。又沒出什麼事情，我打給他不是怪怪的？難道我要打給他抱怨，現在的番茄漲到不像話嗎？

但我很想跟他說說話。

我覺得我根本是個神經病。可能是就他跟我最講得上話吧？但我已經覺得身邊圍滿人吵翻天了，幹嘛去吵他呢？

我不了解。

幸好這種煩悶只有在睡覺前才會短短冒出來一下下，而我沾枕大約數到十就睡死了，不然我會被自己煩死。

暑假過了一個月，我正在炒菜，妹妹拎著響個不停的手機給我。正納悶誰會打給我的時候，聽到徐道長充滿磁性的「喂？小燕子？」，我突然滿臉通紅。

廚房大概太熱了。但我迅速把吵死人的抽油煙機關掉，「是，是我。」

「我是徐如劍。」

「我、我知道。徐道長，有什麼事嗎？」不好，菜被我炒老了，我慌著夾著手機下鹽。

「妳有空嗎？」徐道長頓了一下，「我現在在台北，大約還有兩個小時的空檔……」

「有有有！我有空！」啪的一聲，我火速關掉瓦斯爐，「在哪？」

「我去接妳好了，妳的住址？」

我跟他說了家裡住址，還詳細的告訴他怎麼走。「我明白了，大約十五分鐘到。等會兒見。」

我完全失去煮飯的興致了。

胡亂的煎了個蛋，我把蛋和青菜擺在桌子上，端出湯。「吃飯了！」

弟妹坐在餐桌上，瞪著如此陽春的兩菜一湯。「就這樣？」

「你們也可以選擇不吃。」我將圍裙一摔，匆匆忙忙的跑去梳洗。正在慌著不知道該穿什麼，妹妹一臉困惑的說，有人在樓下按電鈴，說要找「小燕子」。

「……找我的。」我咕噥的胡亂套了件T恤和短裙。也沒很短，到大腿一半吧。實在是我牛仔褲都拿去洗了，我又不能穿著運動褲出門。

妹妹瞪大了眼睛，衝出去跟弟妹們嘀嘀咕咕，交頭接耳。

就不是那麼回事……但我也沒解釋，隨便提了背包就衝出去了。

我衝下樓梯，打開公寓的門，徐道長沐浴著夏日的陽光，每根髮絲都在發亮。他笑著對我揮了揮手，我發現……我真的很想他。

這樣對嗎？

但我沒細想，衝到他面前，脫口而出，「最近的番茄很貴。」

「……啊？」他愣住了。

我摀住嘴，恨不得去撞牆。我說這個幹什麼啊我……

「真的很貴嗎？」他笑出聲音。

我會被自己氣死。

「附近有吃東西的地方嗎？」他問，「不然喝點什麼坐一下？」

我只知道附近有家小咖啡廳，我帶他走過去。

「妳吃過了嗎？」

出了那麼大的糗，我哪裡餓得起來？「我不餓。你吃。」

他依例點了一份沙拉和白飯，又幫我點了杯漂浮冰咖啡。跟他出去吃飯的那段時間，我才知道徐道長事實上很挑食。雖然他沒有出家，也未曾持素，但吃得非常清淡。他往往點份青菜或沙拉，搭著白米飯就吃了，令人非常不可思議。

「……不如我炒給你吃。」沙拉配白飯？超怪的。

「妳會做菜啊？」他笑，「下次時間多點，請妳做給我吃好了。對了，成績單呢？」

我悶悶的遞給他。剛電話裡，他還特別要我拿這個來。我吃著漂浮冰咖啡，看他皺眉看我的成績單。

「不夠好。」他搖頭，「需要再用功點。」

「我每科都及格欸！」我抗議了。雖然我拳頭比腦子好使，我可是很認真的。

「只滿足於及格，這還像話嗎？」他嗓門大起來，「有好幾科剛好在及格邊緣，這是老師可憐妳才讓妳過的，成績單是會說話的，懂不懂？」

他又開始訓話，我跟他頂嘴。真受不了，徐道長這種爸爸個性實在……

不過他從來不罵我頂嘴，也不用長輩的身分壓我。就是很關心這樣。我想，我跟長輩處得好，很可能是我能體會他們藏在囉唆後面的關心吧？

但是徐道長的關心當中還藏著一點點寵溺。這我感覺得到。

「要再一杯嗎？」他問，「咖啡喝多了對身體不好。」

「我也很少吃。」我喝完最後一口，「再來一杯！」

他無奈的笑了，招手又點了一杯。「也不貴，為什麼很少吃？」

「我們家的孩子都很喜歡這個。」我坦白，「但一杯一百多塊，六個孩子就不得了了。但我自己弄不出這種口味……總不能我這大姊吃給他們看吧？」

他又皺緊眉。我說錯什麼？

「在學校妳也捨不得吃吧？」他輕輕笑了一聲，「別吃壞肚子就行。愛吃多少就多少。」

我含著冰淇淋，研究著他的表情。「……徐道長，你要不要吃看看？」我舀了一匙。然後我就後悔了。

我這人，總是行動比思考還快，從來沒有仔細考慮。我們家的兄弟姊妹，什麼好吃的都沒忌憚什麼口水不口水，管他誰的湯匙。但徐道長，可不是我弟妹啊！

讓我吃驚的是，徐道長就著我的小湯匙吃掉那口混著咖啡的冰淇淋，然後招手請人送了把乾淨的湯匙來。

「那、那個……」我結巴了。

「味道不錯，但我不太喜歡甜食。」他泰然自若。

我也不是那麼喜歡甜食，只喜歡漂浮冰咖啡而已……不對，這不是重點啊！我驚呆著舀著冰淇淋，他卻把我的湯匙拿過去，換了新的給我。「湯匙我用過了，換把新的。」

「……在那之前，湯匙我先用過了。」我渾渾噩噩的說。

「對耶。」他抱著胳臂開始思考，「我是否太過輕浮？」想了一會兒，他搖搖頭，「我真的很不會跟人相處，抱歉。」

……因為他特別的邏輯，我突然有點轉不過來。

我正頭昏腦脹，徐道長看著玻璃窗外，「……那幾個小孩子，是妳的弟弟妹妹嗎？」

轉頭一看，我的臉整個又麻又燙。那幾個躲躲藏藏、獐頭鼠目之輩……不正是我親愛又白目的弟妹嗎？

我一把拉開咖啡廳的大門，怒氣宛如隱隱之雷，「你們這幾個……」

「進來吧。」徐道長居然招呼他們，「聽說你們也喜歡吃漂浮冰咖啡。」

這幾個傢伙，居然忝不知恥的連連稱謝，歡天喜地的坐進來等著大快朵頤。

我大弟一臉賊笑，「這位是……大姊也不跟我們介紹一下。」

你死定了！我握緊拳頭，惡狠狠的瞪他。

「我是小燕子的社團老師。」徐道長平靜的回答，「剛好來台北，有點時間，來看看她。」

「哦～師生感情這麼好～」他們合唱似的拖長聲音，我幾乎把湯匙給折了，你們皮給我繃緊一點！

「小燕子活潑坦蕩又可愛啊。」徐道長笑著說。

「是殘酷暴力又可恨吧。」大弟小聲咕噥，其他弟妹有志一同的拚命點頭。

很好，等等回家，你們就知道「死」這個字怎麼寫了。

徐道長笑得很開心，跟他們聊了一會兒，看了看表，「我得走了。」

他平靜的跟我們道別，很習慣的揉亂我的頭髮。這一別，不知道幾時會再看到他。

我的眼眶有點熱。

「有空就會來，暑假也要多用功。」他拍拍我的肩膀，走了。

「師生戀唷～」、「沒想到老姊也懂什麼是浪漫～」、「哇，原來老姊是大叔控！」

他們欺負我在外不會對他們動手，講得很開心嘛。

我站起來，用鼻孔看他們，「有種就永遠別回家了。回家你們就知道！」

「老姊害羞了～」、「今朝有酒今朝醉哪～」

我憤然轉頭就走。老媽當初不該生這五個麻煩精的，害我老想造下殺孽。

當然，他們還是得回家接受我愛與鐵的紀律，但大弟不管臉上的瘀青，一等爸媽回家，就加油添醋說我交了個很帥的「大叔男朋友」。

正常父母應該很憂心，嚴厲的禁止我才對吧？但我爸媽一問到他沒結婚，就興奮的不得了，比我弟妹還幼稚。

「吃飯！沒什麼好說的！」我吼，就埋頭苦吃，理都不想理他們。

這群只會瞎起鬨的傢伙！跟我們社團那群腦袋有黑洞的社員有什麼兩樣？我真恨他們。

本來沒什麼事情的，被他們說得我好悶。害我接徐道長的電話都很尷尬，得躲到房間去講，不然看他們擠眉弄眼我就火大。

暑假中，我的確又接了兩次徐道長的電話。他來去匆忙，只含糊的說最近有點事情，不太好辦，所以很忙。但即使只有半個鐘頭，他也盡量擠時間來看我。

「我只有半個鐘頭。」他幾乎是歉意的，「妳可以搭捷運過來嗎？我現在沒車。」

我默默的搭了捷運去找他，他坐在麥當勞，正皺著眉看著文件。他一直都很嚴肅，衣裝筆挺，一絲不苟，往往穿了一身黑。現在他穿著立領外套，很有神父的味道，就差一條十字架。

都快五十的人了，顏面光滑如少年，只有鬢角飄霜，洩漏他的年紀。姿態瀟灑而出塵，有個漂亮的辣妹坐下跟他搭訕，他卻連眼皮也沒抬，冷冷的說了幾句，我想應該不太中聽，那個辣妹一臉不高興的起身走了。

他轉眼看到我，站在玻璃窗看我，指了指手錶。

乖乖的走進來，他抱著胳臂，「這下子只剩下十五分鐘了。」

我突然哭了出來，別說把他嚇到了，我自己也嚇了一大跳。

「……為什麼？」

「我、我也不知道。」我揉著眼睛，「下午我去看個眼科好了。」

他捧著我的臉專注的看了一會兒，「眼睛沒問題啊。」

「可能是腦袋的問題，我真的不知道為什麼。」我很誠懇的說。

十五分鐘匆匆而過，他一站起來，我又不由自主的開始哭。

「……妳該不會是捨不得我吧？小燕子？」他半開玩笑。

咬著食指，我開始思考，是這樣嗎？

他笑了起來，「妳啊，真的跟我很像，都搞不清楚自己在想什麼。」他揉亂我的頭髮，「得空就來看妳，別哭了。」

然後他走了。

是這樣嗎？坦白說，我不知道。弟妹常講，我不但拳頭比腦袋好使，還如野獸般依賴本能。（當然說完就會被我電）

但我真的很不會分析自己，也常常做過頭。我高中的時候很喜歡一個朋友，好到別人都說我們是同性戀，最後那個朋友受不了流言跟我絕交。

但我只是很喜歡她而已，覺得跟她在一起很有趣。我既沒有想親她，也沒想撲倒她啊。

上了大學，我沒遇到那種很喜歡的人，除了徐道長。我是很喜歡他啊，真的。但我不會拿捏尺度，我不知道怎樣才可以讓他不困擾，讓別人不講話。

這太複雜了，我不會。

我悶悶的擦了擦眼淚，起身要回家。但在捷運站，我卻接到徐道長的電話。

「我想我知道妳為什麼哭。妳很喜歡我。」他說，「我也很喜歡妳。但我不想給妳什麼困擾……」他沈默了一會兒，「就忘年之交，妳是我很喜歡的小朋友。我不知道……」

我突然覺得鬆了一口氣。「我懂，真的。」

「是嗎？」他放鬆的笑了，「那太好了。」

一整個安心下來。哈哈，反正大家都不會拿捏尺度，就順其自然好了。我很快的高興起來，一路哼著歌回家。

直到快開學，我才又見到徐道長。

那是個很熱的夏夜。即使開著冷氣，但我們家的冷氣都定在28度，鳥巢似的房間睡了三個人，真的超悶的。

我正翻來覆去，睡不安穩，卻聽到一聲遙遠含糊的痛呼。睜開眼睛，發現我在一道門的外面，上面還有清楚的門牌號碼。等我好奇的探頭進去，居然飛上天花板就下不來……而下面並不是我家。徐道長的手臂鮮血淋漓，地上一灘烏黑的血水，空氣惡臭得讓我暫時停止呼吸。

「哼！來尋仇也不多練點本事……」他冷哼，一抬頭，剛好跟我四目相接。

「妳怎麼……回去！」他結著奇怪的手印，我身不由己的快被風颳走了，只能抓著他的肩膀。

「你的手！」我對他叫。

「塗點口水就好啦！」他氣急敗壞，「妳以為這是學校，可以隨便離魂？回去！」

我被狂風颳得停不住腳，猛然驚醒。

……什麼塗點口水就好啦?!流那麼多血！我跳下床，開始亂著換衣服。門牌號碼我還記得……應該可以找得到才對。

我怒氣沖沖的騎著老弟的機車，穿過大半個台北市，去按電鈴。

果然，徐道長住在這裡。他愣了一會兒，戳了戳我的臉頰。「妳怎麼跑來了……天啊……」，他把我扯進大門，「今晚我有仇家來尋仇！離魂完換本尊來?!」

「傷口這麼大要看醫生啊！」我對他舉起拳頭。

「這是小傷，好嗎？」他也吼了。

二、三十公分兩道，皮膚都翻捲起來的「小傷」?!

「你的醫藥箱在哪？」我瞪他。

「……妳有沒有絲毫尊重長上的態度啊?!」他更生氣了。

「沒有！」我脾氣甚壞的頂他，「……你受傷的時候就不會有。」

他瞪了我好久。瞪什麼瞪？我眼睛比你小嗎？最後他疲憊的嘆了一聲，把醫藥箱扔給我，悶悶的伸出受傷的左臂。

幫他上藥包紮之後，他動了動手腕，「沒想到妳還滿熟練的。」

「有兩個過動兒似的弟弟，也很難不熟練。」我還有點氣。

他沒說什麼，我還在賭氣，一下子變得很悶。仔細想想，事實上是我錯得比較多。管頭管尾的，還凶得要命。

「對不起。」我低頭道歉。

「幹嘛這樣？」他把臉別開。

氣氛一下子就好多了。「徐道長，這是你家呀？」

「家？」他笑起來，「住處，哪裡算是家……滿世界亂跑，我已經快想不起來家的感覺。不過我若在台北都會住在這裡。」

他說得淡然，我卻聽得難過。他在地上畫了個圈，要我站進去。

「我不是故意對妳凶的……」他又皺眉，「今晚有個難纏的仇家來尋，我怕妳危險。」

「是……那個嗎？」我遲疑的問。

「不，是人。」他淡然的回答，「尋常的鬼魂妖怪我並不放在眼底。最難纏的永遠是人。」

原本我要乖乖進圈子，想想不太放心，還是去找了掃帚才進去。

「……妳這拿掃帚打人的習慣真的要改改。」他遮住眼睛。

「拿掃帚打人還好呢，動到拳頭才真的很嚴重。」我咕噥著。

他僵住了，緩緩的轉頭看我。我被他盯得直冒汗。

「例如？」

我可不確定他想不想知道。「有回我自己看家的時候，我們家遭過小偷。」

他深吸了一口氣，「……小偷怎麼了？」

你應該先問我有沒有怎麼了吧？怎麼先問小偷呢？「……還活著。」

「小燕子。」他的語氣開始嚴厲了。

「就斷了根肋骨，手骨骨折……和那邊骨折。」我支支吾吾的。

「……哪邊？」他的臉都黑了。

我抱著掃帚，把臉別開，「……海綿體。欸，不是我的錯喔！是他闖空門又……我可是正當防禦，不用關的喔。」

是有點心虛啦，踹得他抱著下面滾地的時候，我有點失去理智，出手不免重了點。所以以後才用掃帚嘛，等打斷的時候就會恢復理智，不會出人命。

我以為他會訓我，回頭偷看，他掩面不語。比我老爸好，我老爸掩面哭泣。但他後來說的話跟我爸差不多，令人氣悶。

「……這樣妳還嫁得出去嗎？」他的語氣跟我爸一樣疲倦，只是少了點哭音。

我乾笑兩聲，「人外有人，天外有天……我也不是不分青紅皂白就動用武力啊～」

他想說些什麼，卻神情一凜，我聞到非常腥羶的味道，把掃帚抱得更緊。

我是看不見什麼啦，所以看起來像是徐道長跟空氣打架。但隨著血花四濺和碎肉殘肢，我不想看見也看到了……一部分。

但我真不該來，讓徐道長分心。我們都沒留意到血跡破壞了圈子的完整，但我聞到強烈而腥臭的味道直撲我的門面。想也來不及想，我舉起掃帚一頂，力氣大得我半跪下來。

我不知道是什麼跟我對抗，但這玩意兒不知道是有兩隻還是一分為二，徐道長在另一頭打，急切不能來救。

說怕我也不是很怕……坦白說。看不見要怎麼怕起？我架著看不到的東西，慢慢傾斜掃帚，直到柄抵地而帚朝天。

以前誤打誤撞有效，這次應該也行吧？

我看徐道長結起奇異的手印，看他脣動，我也跟著念九字真言。強烈的風狂飇，我眼睛都快睜不開了。可怕的腥臭也因此完全消失。

我想是沒事了吧？

但徐道長的眉毛皺得超緊的，都快打結了。

「聽我說，小燕子。」他抓著我的肩膀，「妳的確非常有能力，但妳絕對不適合這條路。將來不管有誰威脅利誘，妳都不能夠修道或成巫，懂嗎？」

「我也不想啊，而且我沒什麼能力……」我叫了起來，又覺疑惑，「為什麼？」

「妳的能力都靠情感爆發。」他沈重的嘆氣，「一個不穩，就是走火入魔，輕則成了廢人、發瘋……嚴重的時候，還會死。妳又缺乏和眾生的因緣……其他的修道者根本不會去管妳這些。」

但徐道長會管。我覺得……心很暖。

「好，我會聽話。」我舉手發誓。

他終於鬆開眉頭，寵溺的揉了揉我的頭髮。

天空濛濛的亮了起來。我打了個呵欠，他要我在床上睡一下，就去沐浴了。我躺了下去，覺得好累。翻身的時候，我摸到一本雜誌。

定睛一看，居然是一本港漫。我睜大了眼睛。他的房間收拾得一絲不苟，每樣東西都跟軍隊般整齊排列，難道只有這本二十一集嗎……？

心底一動，他這張床下面好像是個櫃子……我拉開來一看，哇塞～是四個滾輪式的床下書架，滿滿的，都是港漫。

「那個！」擦著頭髮出來的徐道長慘叫一聲，「我可以解釋！」

……又不是色情雜誌，有什麼好解釋？但嚴肅正直的徐道長看港漫?!難怪他會跟那些亂畫的傢伙討論什麼效果線不效果線的！

「……每個人都會有不為人知的小祕密。」我設法安慰他。

「這哪算什麼祕密啊，不過就是看個港漫消遣嘛！……」他的聲音越來越小，

「……別跟別人說。」

「………………」

之七 路祭

「你怎麼不會說，『口胡！你這廢柴仆街吧！』？」我納悶了。

「我才不會這樣講！」徐道長的聲音氣勢萬鈞的透過手機而來，手機都有點被震動到。

如果是我的學姊學長一定會這樣講的吧？他們不迷港漫都常這樣講了，像徐道長這麼迷一定更可怕的嚴重。

「那你去香港買港漫喔？」我問。

「不是！就說是來辦事情的了！」聽起來他非常火大。「別再管我來香港和看……那個的事情了。學校還好嗎？妳呢？有沒有用功？起居正不正常？妳的布鞋好歹也去洗一下……」

……你從香港打電話來，就是想囉唆這些嗎？

我真的覺得大家都誤會了，徐道長對我沒什麼意思，他就跟我一樣，人際關係老是憑直覺衝過頭，說他在追我，不如說他把我當成女兒，我呢，也覺得他比較像老爸，但更親近一點點，實在是好看的人，人人愛看，今天金城武像徐道長一樣跟我親近，我也會臉紅心跳的。

但我們之間實在乏善可陳。會有心動對象用顏氏家訓教訓喜歡的人嗎？

為了避免誤會，我還是等他換氣時誠心誠意的問，「徐道長，你想追我嗎？」

我猜他是嗆到了，他咳了好久。

「不是！」他勃然大怒，「我若想追妳就會直接講，做什麼拐彎抹角！小孩子不好好念書，滿腦子都是什麼愛不愛的，將來還想有什麼成就？……」

我趕緊打斷他的長篇大論，國際電話很貴的。「我只是想確定嘛。我怕我誤會什麼的，既然不是就好了，因為我不是在追你啊。」

「我知道啊！呆ㄚ頭。」他語氣稍微緩和點，「直心直肚腸的，哪天被扛去賣都不知道。」

「你都沒被扛去賣了，我就不會被扛去賣。」我沒好氣的說。

閒聊了幾句，掛上電話，我才想到忘了跟他說最近的怪事。想想說不定不重要，就擱下了。

我會這麼納悶，其實是有理由的。

那天我鹵莽的跑去敲徐道長的門，又在他那邊睡到下午才讓他送著回家，我們家亂得跟馬蜂窩一樣。但他大大方方的跟我爸媽聊天，說小燕子去找他說話，結果睡著了，現在才送回來。

或許是他的態度太坦蕩，把氣得暴跳的老爸唬住了。等他告辭以後，我爸媽才大夢初醒，對我拚命轟炸。

「你們是想問我有沒有跟徐道……徐老師上床？」我決定簡化問題，「答案是沒有。」

但我不知道這樣直接了當的答案卻會讓他們更瘋狂。總之什麼荒唐古怪的問句都冒出來，媽媽還很興奮的建議我如何擄獲徐道長的「芳心」。

雖然覺得他們想太多，但被說久了，我還是有點懷疑。

幸好開學了，徐道長也說他開學後會更忙，事態似乎比較平息了。但徐道長開始隔一兩天會打很貴的國際電話來跟我講幾句話。雖然我不懂是什麼事情，含含糊糊、拼拼湊湊，我勉強只知道似乎有個大人物薨了，然後爭奪什麼領域之類的。

但徐道長總說沒什麼事情，他會協調好的。只要我好好念書。

我沒仔細去想。開學後很忙，我們除了自己的課業，還得去尋找入社的倒楣新生。當初我也是這麼倒楣，真不忍心推人入火坑。

但這個倒楣新生卻是自己跳進火坑的，她自己來敲門，厚重的瀏海和厚重的長髮，拿著某任學長的推薦函，氣質非常陰暗，像是個日本娃娃似的。

她的名字也很怪，叫做閻玄日。

以往我們找新社員，都是拿著初代學姊留下來的月長石胸針在校園辛苦的晃，若有絲毫見鬼天分的人，都會被胸針吸引，忍不住摸一摸的人，就會拿社團記事簿給他看。

絕大部分都會覺得神經病，拂袖而去。但有相同經歷的就會留下來，也是少數中的少數。

今年沒有任何一個新生感興趣，卻有個閻玄日自投羅網。

但她給人的感覺真的好奇怪。我有點……不是那麼喜歡她。

不過，這種陰暗古怪的感覺，自從雅意學姊熱情的強塞她兩大袋的BL和GL小說與漫畫之後，用一種慘不忍睹的速度火速淪陷，成了標準狂熱的腐女，然後又被三劍客薰陶到跨領域，成為可怕的歐塔古。

那種陰暗古怪的感覺完完全全被腐化又歐塔古的氣質侵蝕光了。時間不過是短短的兩個禮拜。

兩個禮拜後，她也加入被我拿掃帚打得滿街亂跑的大隊，甚至參與《艾瑪與黑執事的祕密戀事》第三集的製作。

「宅配到腐」這種可怕文化真的超恐怖的。

我們沈默祕密結社的範圍只有在校內，通常不受理校門外的事情。但學校有些學長學姊是住校外的，所以他們每天都要通車（通常是騎機車）上下學。雖然說通往山下鎮上的山路蜿蜒崎嶇，有許多可怕的髮夾彎。但立校以來這麼多年，雖然偶爾車禍，卻很少有什麼傷亡。

聽說是我們老大爺很罩的關係。但今年，似乎有點罩不住了。

我們從案下掃出很多很多的意見函，都是提及道路重大車禍的事情。雖然沒有人因此死掉，但有幾個學姊學長進了加護病房。

我也覺得不太舒服。我們學校雖然說鬼魂輩出，但並不難聞，氣味反而比較接近乾枯又晒過陽光的樹葉。因為我看不到，所以也沒在怕他們。有些比較有能力的還會陪著我巡邏，氣味有些像是乾楓葉，聞起來還有點甜味。

每次他們陪我巡邏時，我會刻意在祭壇獻花，並且觀想供養金莎巧克力。沒辦法，徐道長最喜歡吃這個，每次都會送我一大盒，我就拿來賄賂討好這些好人……我是說好鬼。

但最近，陪我巡邏的更多了，但在他們環繞之外，有種讓我噁心的氣味日漸濃重。我不懂，為什麼會有奇怪的異類在校園裡來去。我把能見度最高的學姊學長拖來，他們也看不出是什麼東西，只會叫的叫、吐的吐，頂多能告訴我不是鬼也不是妖怪罷了。

學校就不太對勁了，校外又車禍頻仍。管呢，沒能力。不管呢，過意不去。

忐忑的，我去找老大爺擲筊，結果真是啼笑皆非，可以列入靈異事件。那兩個筊立起來，什麼筊都不是。

「老大爺，您是說您也還拿不定主意？」我客客氣氣的問。

這次就是聖筊了。

「等您拿定主意，再跟我講好了。」我不經意的說。

但我很快就後悔了，讓徐道長知道會罵個賊死。

在一次山道連環車禍後的晚上，我才剛睡著，就看到仁王蹲在我床頭。「老大爺請妳去呢，沈默的默娘。」

我爬起來……發現我把身體留在床鋪上！

我嚇得飛起來，貼在天花板上，使盡力氣下不來。仁王慢慢模糊幻化，我就看到一個金甲神人出現在我眼前。若不是額頭有跟仁王相同的「王」字，我還真看不出來。祂的瞳孔也是赤金色的，恭敬的躬身，「諒我無禮。」就把我抱下來，飛快的穿牆而出。

「仁王……你好帥哪，好像古代的武將！」我終於說得出話。

祂腳下一跌，拚命忍住笑。「這是幻化。我看你們社團貼了一張三國無雙的海報，隨便挑一個變了。」

「很適合你真的，若你變成這樣去拐女生，會有好幾卡車的女生拜倒在你的……呃，戰袍之下。」

祂終於掌不住笑了，「你們這些默娘默然，真的可愛得緊。」

越過廣大的校園，模模糊糊的，我聽到老大爺和某個長者爭辯。

「……去去去，別說老兒阻了你好前程！」老大爺勃然大怒。

「去什麼去？去送死？我好日子不過，去當什麼王好讓人刺殺？我又不是你們家的阿甲……」長者的聲音更火，像是當空雷霆。

仁王大大的咳了一聲，老大爺他們才安靜了。祂把我放下來，我卻一面哇哇大叫往天空飄去。仁王忍笑的將我抓住，示意我抱住祂脖子。

老大爺掩住了眼睛，長者長嘆一聲。「老土地，你手下沒有任何可用之兵嗎？」

「不是你們家的事鬧得亂七八糟，我會只剩下這個廖化當先鋒嗎?!」老大爺怒了，臉上還有紅暈。

坦白說，我不但聽不懂，而且非常睏。我對著仁王說，「……我可以先回去睡嗎？祂們還不知道要吵到什麼時候。」

「抱歉，不可以。」仁王溫厚的說，「放心，很快的。」

老大爺瞅著我，像是不知道怎麼開口。為了避免睡著，我仔細端詳著另一位長者。

他黑鬚黑髮，倒是一派斯文。但眼角梢頭有種桀驁不遜的氣味，而且有種強烈的威嚴。瞧見我在看他，他也銳利的看著我，我趕緊低頭問好，雖然說被抱著很難多恭敬，但我已經盡力而為了。

「老土地，最少你們家教好。」長者悶悶的說。

「家教好有屁用？」老大爺發牢騷了，「只剩這小ㄚ頭能溝通了，還得離魂溝通！我會被小徐煩死，這是他心頭肉！」他嘆了半天氣，自言自語，「為什麼出了千百年來最嚴重的事情，偏偏是最無能的沈默在我麾下呢？」

雖然我很想抗議我不是徐道長的心頭肉，但聽到「最無能的沈默」，我還是一陣悲傷。

「老長官。」仁王輕咳一聲，「沈默的默娘不能離魂太久。」

「好啦好啦，囉哩叭唆。」老大爺咕噥著，正色說，「ㄚ頭，雖說校外不歸咱們管，但還是準備路祭吧。眼下妳的歷任學長學姊都忙翻天了，不能插手，只好……」他哀傷起來，「只好交給你們。」

「……等徐道長回來不成嗎？」我慌張起來，「我們都不懂什麼路祭啊！」

「他去成都了，趕不回來。」老大爺含糊的說，「你們只能自立自強了。」

「酆都，什麼成都……」長者嘟噥著。

「不說話沒人當你啞巴！」老大爺大起聲音，「我看你不如回去接什麼王位吧，省得小魔到處亂竄覓食！他們在這兒啞請，我快氣成啞巴了……」

「我去接王位，好讓更凶的大魔來折磨你這老骨頭？」長者不客氣的頂回去，「也不想想自己多大年紀了這是……」

仁王又大咳一聲，這兩個越老越像小孩的神明（？）閉上嘴。

「……總之，現在是非常時期。」老大爺不太甘願的說，「路祭的儀式我教妳，心誠則靈嘛。反正記得了多少算多少，重要的是信心，信心！」

「光有信心，裡頭空空，也是徒勞無功。」長者涼涼的刺了一句。

老大爺忍耐不住，氣得鬍子都飄飛了。「都是你不好！那些都是你手下……最少是臣子的手下！你為什麼不約束好……」

「我沒約束？我沒約束這學校一天就死光了，還等路祭?!是那些孤魂野鬼吃殘羹剩餚吃出味道，怪我？孤魂野鬼又不歸我管！我動作又不能太大……」

仁王咳了幾聲，但祂們都不理他。他無奈的嘆口氣，「沈默的默娘，我帶妳回去睡吧，路祭儀式我教妳。」

但我覺得心情越來越沈重，沈重到驚恐了。「那、那個……是、是老魔先生？」

仁王頓了頓，「……是。」

……我為什麼不轉學呢？原來那些鬼不鬼、妖不妖的……是小魔啊?!

「小魔有老魔先生約束。」仁王溫和的安慰我，「你們只要應付被魔氣吸引來的孤魂野鬼就行了，不然真的出了人命，很容易引起魔族的食欲。」

……你說得倒輕鬆啊～

雖然我拳頭比腦子好使，天幸我還滿會背書的。我強記了半天，仁王才把我帶回去睡。一驚醒，我馬上跳下床把所有記得的都寫和畫下來，驚恐過度，筆跡真的難看到極點。

第二天，我哭喪著臉，召集全體社員，宣布了這件可怕的大事。原本很鬧的社辦，這下子真的一片死寂了。

「……終於可以唱白衣神咒RAP版啦！」小東、小西一起歡呼。

「你們給我慢著！」我厲聲。

「該縫什麼衣服呢？」學長一副如在夢中，「八家將的不太好吧？討厭，露出度好多……」

「這不是重點！」我開始覺得不妙。

「帥不帥？帥不帥？」學姊欣喜若狂的問，「老大爺帥不帥？老魔帥不帥？仁王好萌啊～誰該配誰好，還是乾脆三角苦戀……」

「夠了！」我抱住腦袋。

「這讓我想起那個的劇情……」、「對啊，但這算是民俗宗教的變體，而不是佛教。」、「擷取部分元素加以創作才是王道……」

「你們有完沒完啊！」我真的徹底絕望了。

我到以後才知道發生什麼事情，雖然只是個大概。

聽說魔界（？）的王早不死晚不死，偏偏在五年前死了。他一死，老婆小孩也跟著死個精光，魔界因此打了三年仗。但魔界呢，打仗規模當然宏大，需要的物資當然更多，自己家徵不夠，偷偷往人間徵物資了。

這麼一來，神佛也不好說我不知道，人間百魔（對，人間有百位魔頭瓜分人間領地）也不樂意了，而且打了三年，不分勝負，只是不斷賠錢（……），魔族都是聰明智慧之輩，遂接受調解，決定找王族最後一個血脈，就是住在我們墳山學校的老魔先生，前任魔王的兄弟，來當什麼魔界大王的，解決爭端。

但魔界那麼大，就算幾個大頭願意了，其他人（魔……）也不見得願意。還有人幻想宰了老魔先生就可以一統江湖……不管是領主公爵，還是跑單幫的個體戶刺客，很熱鬧的到人間來，或同盟或商議，一時人馬雜沓。

魔界就鬧不清，人間各路人馬也想插一手撈點好處。徐道長他們師門會累得滿世界亂跑，就是要搶主導權在手底，畢竟老魔先生住在我們小島上，魔族還低調，這些各國高人稍微動上手，小島可能就陸沈了，何必如此。

現在正在準備魔界高峰會議，但聽說魔界很大，正在加緊邀請和協調，加上神界和佛界似乎也要派代表來。有些心思細密的魔族決定先下手為強，跑來拉攏老魔先生，說什麼都要他去作客。

但關係千絲萬縷，老魔先生謝絕了。這些傢伙不死心，派了一堆小魔來啞請，各路人馬都有，像是在拚威勢。

這就是人在家中坐，禍從天上來。據說老魔先生也是有苦說不出。他原本管轄人間偌大領域，自由自在。雖說被禁錮許久，但也是他在之前受到魔族暗算（據說是他老哥魔王派出來的刺客），才被道家禁錮，但反而撿了條命回來。

現在他又脫離禁錮，安心自在的在我們學校養老，和老大爺鬥鬥嘴，鬼使們供奉又好，哪知道想殺他的老哥一死，這倒楣擔子又倒到他頭上。

這些是我忙著準備路祭時，夜裡仁王好心「託夢」跟我講的。

我看了看自己有點模糊的手掌，和被我丟在床上的身體，覺得很悲傷。我會被徐道長碎屍萬段。他早就警告我別亂離魂了。

「……請初代學姊來幫忙不行嗎？」我想放聲大哭。

「恐怕不行。」仁王遺憾的搖搖頭，「許多魔族趕在會議舉辦前都先行到這小島了。大魔頭就算低調，底下帶來的眾多小魔也不甚馴服……只要有點本事的都在鎮壓地方，何況蘅芷？實在不該讓你們知道……但路祭看起來事小，卻是我們這邊下的第一道下馬威。我想讓妳有點心理準備。」

……我能有什麼心理準備？別說我，我們那群社員除了唱RAP，縫戲服，腐些有的沒有的，是會些什麼啊?!

欲哭無淚的，我們還是得打鴨子上陣。

我求救似的回望，在緊迫的氣息中，聞到仁王身上淡淡的檀香味，我才覺得好過一點。祭壇擺在山下的路末，我們用的是最原始簡樸的路祭儀式。

在學長的堅持下，我們都穿得像是八家將似的，只是沒畫臉。當然被我揍過以後，露出度沒那麼多了……因為女生都加穿一件露背的肚兜。人人手底拿的不是法器，而是一把竹掃帚，開始掃路滌穢，開示亡魂。

只有闇玄日捧著香爐。說真話，她頭髮又厚又長，讓香爐的香火一映，更是鬼氣森森。

硬著頭皮，我在前面開道，並且誦著經文。我根本不知道是什麼經文，只是我記心最好，背得起來，小東小西也背齊了，但他們一定要唷唷耶耶……我看還是我來好了。

在沈重的氣氛中，我敬拜天地，帶著史上最低能的沈默社團，在四方鬼神的無形注視下，踏出校門。

才踏出校門，緊迫而腥臭的氣息就席捲上來，學姊乾嘔、學長尖叫，其他人毫無意外的往我背後一躲。

「像樣點。」我咬牙低聲，「瞧瞧我手上的是啥？想挨掃帚的就靠過來沒關係！我還沒跟你們算第三集的帳……」

這倒是激勵了他們的勇氣。我們維持著隊形，緩緩的掃下山。

山路很長，又暗。騎機車都要騎半天了，何況用走的下去。

而且離校門口越遠，壓迫和臭味就越重，我看不到還好，我身後那些能見度高的社員就苦翻天了。我叫他們注視我掛在後面的鈴鐺就好，別的都別看了。他們就死死的看著在我背後晃的鈴鐺，心不在焉的掃過去。

掃了好幾個小時，連我都吃不消了，雅意學姊摔了兩跤，緊緊閉著眼睛，搖頭不肯前進，最後是學長背她走。

我終於知道學姊怎麼會看上這個娘炮了，人娘無所謂，行為不娘，就行了。

在我們幾乎累垮的時候，祭壇就在眼前了。但我們跨出山道，進入小鎮範圍時，祭壇在我們眼前炸個粉碎，我們都一起尖叫起來。

電光石火中，我想到徐道長畫的圈子。火速的我拔出插在腰際的水槍（……），晒那麼多天的大量月水終於派上用場，我盡量接近圓的撒了一圈，要大家進圈子，我將掃帚倒過來，用力頓在地上伏低，念了我唯一會的九字真言。

害不害怕？我怕得要死。但我身後的人更害怕。他們是我的社員，是我的、我的……年紀比我大的「弟妹」。

我說什麼都不要退！

不知道哪來的風颮跑了可怕的味道，但我知道距離沒有很遠。我的頭髮都被颮得飛起來，狂風在圈外亂跑，握著掃帚的手指痛得不得了，一滴滴的血從細密的傷口滴了下來。

我開始快速的念著經文，希望就算沒有祭壇，也可以完成路祭。但我原本引以為傲的體力卻飛快的流失，漸漸虛弱起來。

我微偏著頭，害怕得滿臉眼淚的學長學姊，也拔出腰間的手槍，讓試圖突圍的孤魂野鬼痛嚎著離開。不要倒下，不能……

我是姊姊，我是姊姊啊！

喉頭發癢，我大咳一聲，用力的抹了抹臉。我才不要去想我吐了什麼。我要專注的就是眼前這件事情，保護我的弟弟妹妹。雖然我一點能力也沒有。只是對老大爺很不好意思，對仁王也很抱歉，我們真丟了學校的面子。

還有徐道長……我眼光從痛到麻木的手指，挪到手腕的黝黑佛珠。我偏頭，輕輕吻了佛珠。

喂，徐道長，我們都是笨蛋欸。你要對我感到驕傲喔。

「臨兵鬥者，皆陣列前行，常當視之，無所不闢！」我尖叫，原本衰頹下來的風又狂起來，我沒辦法阻止喉頭腥甜的血味了。

但外面的腥臭味卻壓迫得更緊，讓我乾脆的噴出血來。

「看起來，要拿出壓箱底的絕活了。」小東站了起來。

「沒錯，是該拿出來了。」小西說。

「跟你們一起真好玩，我好喜歡你們，北鼻。」小東踏出圈子。

「達令，你們好sweet。愛死你們了。」小西也跟著踏出去。

我心頭一緊，卻沒辦法站得起身，「你們給我回來！」

他們倆卻笑得很開心，「唷唷，演唱會開始囉，綳啩綳啩～」

一面往前走，他們一面唱著，「龍角吹來第一聲，一聲的確請東營！東營兵，東營將，東營兵馬九千九萬兵……噗噗噗噗噗、噗噗噗噗噗……come on every body！yo yo yoyo yo yo yoyo！」

他們在「牽亡」。

路祭本來就是讓死亡於道路的冤魂亡鬼超度的儀式，我們一路祭掃，理論上應該是在祭壇超度慰撫。但壇已經沒有了，小東小西又沒什麼除了歌聲以外的天分，數量太龐大又超度不完的時候……

怎麼辦呢？

「回來！」我大吼，卻吐了更大口的血。「仁王！」

但我已經聞不到仁王的細微檀香味了。

救命啊，過往神明。我知道那對雙胞胎腦袋有黑洞，但他們都是很純潔又白痴的好人啊！

「求求你們回來啊……」我大哭起來，血和淚交織。

閻玄日突然將香爐往我懷裡一塞，面無表情的，追著那對雙胞胎，跑出圈外。

就在我勉力站起，和其他社員一起追著過去的時候……

像是幾百噸的火藥爆炸了，天空橫過好粗好大的閃電，匡啷一聲巨響，大到什麼程度呢？我們全都站不住跌倒在地，能站穩的只有還在比手畫腳的小東和小西，還有快追上他們的閻玄日。

然後天空像是破了大洞，乒乒乓乓的下起傾盆大雨，邪穢之氣瞬間淡了很多。

用力抹去眼裡的雨水，我瞠目看著小東、小西面前的少年。他染了一頭金毛，耳朵打了一大堆洞，還穿鼻環。穿著皮背心，裡頭什麼也沒穿。上臂刺青刺了一條栩栩如生的龍。

他超樂的和小東小西比手畫腳，「您啊叨啊公啊係啊有交代，三牲五禮拿來拜，ㄛㄣ

yeah～oh yeah～」還在嘴巴拍做印第安人狀。

徐道長說，我的能力非常不穩定，像是接觸不良的燈泡。但電力非常強的時候，我不用離魂也看得到、聽得到。

我想，現在就是電力非常強的時候了。

我終於看到這些圍著我們的孤魂野鬼和趁火打劫的妖怪精魄。他們忌憚著這個金毛少年，但又重重疊疊的垂涎著我們。我的怒氣慢慢上升，已經快到極限了。

「唷唷，讓老子來幫著超度還不給面子是怎樣？」金毛少年很跩的用拇指指了指鼻子，「很秋喔，你們這些混球！」

「讓開！」有個陰沈的老鬼滴下口水，「路祭沒祭品，本來就是祭者要捨身的，這是規矩！就算你是媽祖婆那兒的……」

我想他沒有辦法說什麼規矩了。因為我完全失去理智，用掃帚將他打飛三尺。「讓你吃讓你吃，噎死你！」

金毛少年大樂，彈了幾滴雨水到我掃帚上，「打打打！不用給我留面子，儘管打！看他們吃誰去！」他天女散花似的亂撒到所有的掃帚上面，連最膽小的學長都鼓起勇氣，揚起掃帚一陣亂打。

普通的掃帚當場成了大聖爺的金箍棒，滿地都是哭爹喊娘的孤魂野鬼和妖怪，小東、小西和金毛少年很爽的RAP，一路「綳雌綳雌」的幫我們伴奏。

「住手……住手！」閻玄日怒吼，「通通給我住手。」

我們正在撲打幾個特別耐命又不肯被超度的鬼魂，卻被她的喊聲定住，打不下去。

金毛少年冷笑，「唷，冥府使者終於開金口了唷？欺負我們神界沒空，你們欺負我們小朋友？」他打碎香爐，「擋住老大爺和仁王是吧？出幾條人命讓魔族忍不住食欲，好來場大亂鬥？不問問是誰罩的地頭！」

「……試試而已。」閻玄日冷靜下來，「你要知道，這學校已無寧日。我總要知道維護安全的沈默堪不堪重任。」

「關你們冥府屁事?!」金毛少年破口大罵，重重的把手放在小東、小西肩膀上，「這兩個是我的乩身！陰神要給你們冥府面子，老子我可不用！妳那些陰差不撤走，我一個個吃下肚！老子可是聖后娘娘駕下，慈雨使者……」

當天打了一個霹靂，「**龍、霸、天！**」

……真是個氣勢萬千、又台又勁爆的名字。

那天我們淋著大雨，渾渾噩噩的被一條龍丟去醫院，他還大鳴大放的清洗了整條山道，一整夜鬼哭神號。

我們整個社團的人都躺下了，據說我還胃出血，但又找不到潰瘍。

唯一沒有生病的，只有神采奕奕的小東和小西。我們一起住在病房的時候，他們和那個什麼慈雨使者，在醫院載歌載舞，連護士都成了他們的歌迷。

這場轟轟烈烈又莫名其妙的路祭，讓學校那些什麼小魔的，跑個乾乾淨淨，道路車禍就這麼終止了。

我重病在床，仁王還把我的魂拖出來，很興奮的跟我說，四方鬼神對沈默大為讚賞，也很惋惜小東、小西被捷足先登，問其他人有沒有興趣當乩身。

「沒有。」我有氣無力的說，「有誰敢去當什麼乩身，我先把他們打死。」

物以類聚，宅配到腐又威力無窮，我不希望再來幾個奇怪的神明或使者添亂子了。

我們住院的時候，闍玄日也來探病，說她決定繼續念大學。

瞇了一眼這個什麼冥府使者的，我將被單拉過頭，希望可以逃避現實一下。

感想？哈哈……我唯一的感想是……

我想轉學。

之八　師生

好不容易那三人組（？）願意回去研發新歌，我才剛睡著，卻又被粗魯的搖醒。

睜開眼睛，是臉色鐵青的徐道長。我心底暗暗喊了聲不妙，他就發作起來，「妳這個……」

「這是醫院！」我趕緊拿出免死金牌。徐道長個性方正，非常守規矩（有時候守過頭了），在醫院大吼大叫不是他的作風。

他咬牙切齒到咯咯響，突然用毯子把我裹起來，扛到肩膀上，回頭跟學長說，「跟護士和醫生說，小燕子請假兩個小時。」

我瞪著一搖一晃的地板，他就這麼大搖大擺的把我扛出醫院。

「徐道長！」我大叫。

「醫院不許高聲！」他氣得有點發抖。

……來個人阻止他啊！但我雖然看不到他的表情，看眾人走避唯恐不及，我就知道我大約是完蛋了。

他一路把我扛到停車場，扔到助手座，坐在駕駛座上的第一件事情是，下了所有的鎖。

「妳這個膽大妄為、無法無天，不稱斤兩就敢亂闖的性子該怎麼辦好啊?!」他的聲音在封閉的車內引起巨大的回音，我只能掩住耳朵。

這讓他更氣，把我的手拉下來，足足訓了我十分鐘。坦白說，他講了什麼我實在不清楚，只覺得腦門嗡嗡響，像是有連環雷劈在我耳畔。

大約是我一臉呆相，他捧著我的臉看幾道不要緊的小擦傷，心痛得很。「不是我很愛罵妳，明明就跟妳說過，妳的能力很不穩定……這次好運過關，萬一廢了呢？萬一瘋了呢？萬一……」他說不下去，「妳早早給我退社算了。」

「不要啦。」我小聲的說，皺起眉。「讓誰扛？小東小西喔？」

他倒抽了一口冷氣，氣得直捶方向盤。

「……哪來那麼多事情？」我打了個噴嚏，「就剛好倒楣……」

他無奈的看我，抹了抹我的眉心，「年輕人皺什麼眉頭？難看。」

「你還不是一直皺眉頭？」我咕噥。

「我講一句，妳頂一句。」他沒好氣，但聲音裡含著滿滿的寵溺，這我懂。他那麼愛潔的人，可能下了飛機就直接衝來了，身上還滿是交通工具的味道。

拉著我的手，「……氣消這麼多……妳拿命去拚是吧？能讓妳拚到幾時呢？」一股暖流從他的手傳到我的手，原本覺得冰冷的手腳，慢慢的暖起來，很舒服。

但他卻滿頭大汗，看起來很累。

「你在幹嘛？」我緊張了，「我不懂這個……你是不是在治療我？醫生會治好我的……」

「閉嘴。」他鬆了手，閉上眼睛，眼睛底下都出現黑眼圈。

我抽了幾張面紙，慢慢的擦他的汗。他好像剛跑了馬拉松，汗流個不停。我不知道我在想什麼，但擦著擦著，我覺得很心酸，就掉眼淚了。

「哭什麼？」他眼睛沒睜開。

「……老大爺說，我是你的心頭肉。」我也不知道幹嘛哭，幹嘛答這句。我想我是很害怕，到現在還是怕。但大家都害怕的時候，我就不能怕，也不能哭。

他睜開眼睛，愣然的看著我，神情變得很哀傷，「……是啊。」

我哭得更厲害，他把我連人帶毯子抱到他懷裡，卡著方向盤，其實不太舒服。

「我不太容易喜歡人，但很容易討厭人。」徐道長坦承，「讓我一直都這麼喜歡的，除了學長，就一個妳。總覺得妳像是以前的我，很怕妳受什麼傷害。拜託妳以後別讓我這麼擔心，我真的差點急瘋了……」

「……其實我很害怕。」靠在他頸窩，我放聲哭出來。

「我知道。」他看著我包著紗布的手，「以後不會讓妳這樣了。而且，我很為妳驕傲。」

我突然覺得，我好高興，好快樂。其實我最想聽的是這句：「我很為妳驕傲。」

他叫我靜靜的別說話，讓他靜坐一下，但沒放我回去。

「這樣你可以靜心嗎？」我設法調整舒服一點的姿勢。

他閉上眼睛，「可以。我是柳下惠。」然後呼吸變得很慢很慢，心跳也穩定而遲緩。但他還是抱著我。

靠在他身上，我覺得很安全。忍不住打了個呵欠。我們家孩子多，都要爸媽抱起來還得了。所以我沒有獨享抱抱的權利……最少記憶裡沒有。

我猜我是睡著了。醒來時，我在我的病床上。不知道我已經醒過來的社員們正在大編特編根本沒有那回事的什麼祕戀。

幸好我睏翻了，不然他們可能要多住兩個禮拜的醫院。

當然是傳得亂七八糟，連閻玄日都很感興趣的來問我跟徐道長到幾壘，我發現我在氣頭上時，根本無法尊敬任何神魔，我管她是什麼冥府使者，操起掃帚完全一視同仁。

我是氣頭上如此，但社裡的學長、學姊和同學，完全不在意她的身分，只能說他們神經非常粗，居然還有膽要閻玄日去扮什麼地獄少女，她還非常配合的問需不需要鬼火加分。

……你們不知道她的身分等同冥神嗎？

「多有氣氛啊！多適合！啊啊啊～閻小愛～」學姊學長圍著她又跳又叫，三劍客在討論東西文化的冥府和各種奇怪漫畫，小東小西還很有氣氛的綁雌綁雌。

我真該退社轉學的。無力的摀住臉。

光我和徐道長的八卦就鬧不清，結果我又在門縫收到一封信。剛打開的時候，我以為我得罪了誰，人家寄冥紙來詛咒我，結果冥紙上面有字。

何以風還在拼圖，所以口述信件，準備來個以筆傳情。但我的頭真的很痛，每天都收到冥紙情書。

為什麼我唯一的追求者不但是個鬼，還是個變態又大腦損傷的鬼呢？

他已經讓徐道長電那麼慘了，我也覺得有點可憐。所以他寫一封，我就燒一封。但是每次燒完信，學長都會百思不解的說，我燒完信就有「原居民」撿去看，然後笑得東倒西歪的。

……我只能說何以風不是以文筆見長的。

更可怕的在後面。

我們學校突然轉來很多轉學生，我知道他們不是善類，但這暫且按下。最重要的是，我們學校請了一個「客座教授」，在中文系講民俗神祕學，英俊又瀟灑，惹得全校的女生如痴如狂。

沒錯，那就是我們的徐道長。

之前他來指導我們，都會佩戴一個讓人對他印象不深刻的符，畢竟這樣行動比較方便。但我猜他是把符拿掉了，在我們學校老弱病殘的老師當中，顯得鶴立雞群。

他不是很愛跟人混熟的人，總是板著一張臉。但他遠遠的看到我，就會湧上真誠的笑容，這讓他好看得幾乎會發光，但我也快被其他女生怨恨的眼光刺殺了。

我們又是很不擅長人際關係尺度那種，往往會做過頭，不怎麼避諱親密，情況就更糟糕了。

後來想想，管她們的。我又不靠她們吃穿用度，理她們？

「你幹嘛來當老師？」但我還是悄悄的問了。

「一年後要在這學校舉辦魔界高峰會議。」他輕嘆一聲，「我來維護學校安全，以前我也在這兒當過老師的……」

我睜大眼睛。「……不是掩護？」

「我有教育學位哩。」他揉亂我的頭髮，「妳以為當個真正道士那麼容易？要讀的書可更多了。」

……幸好我不是修煉的料子。

他眼尖，看到我手裡拿著信。「這是什麼？」

我還來不及阻止，他已經看到那疊冥紙情書，臉色宛如雷雨天。「……很好。」轉身就走。

「徐道……徐老師！你已經教訓過他了！」我喊。

「我記得我的承諾。」他冷笑幾聲，揮了揮手。

我是很想追上去，但我要去監督上供。忐忑不安的上完供，我有點後悔沒趕緊燒掉。徐道長沒多久就回來了，神情愉快。

相當不妙。

「呃……何以風還好吧？」

他點點頭，意態瀟灑，「他多得了二十年修煉的時間了……應該沒什麼空閒可以寫情書。」

扶著額，我開始隱隱作痛。

＊　＊　＊

學校的怪事多了起來。自從慈雨使者回去以後，老大爺案下的意見函多了起來，還五花八門。

來玩了幾天，龍霸天抱著小東小西眼淚汪汪，說祂一定得走了。而且還給他們兩個香火袋——紅線掛著紅布袋那種，叮嚀他們絕對不要拿下來。

雖然我不太懂這些，但理論上小東、小西應該要佈個神明桌早晚燒香之類的吧？這個不太牢靠的慈雨使者卻只要他們折枝楊柳枝來插瓶，叫他們早晚對著楊柳枝練歌就好了。

「man，這就是我最愛的供養了。缺課in 缺課out yoyo～」他載歌載舞的霧化，到外面就成了一隻微帶藍光的龍，當空霹靂閃電，又下起滂沱大雨，小東小西比手畫腳的恭送他們主神。

……這是正常的嗎？

「當然不正常。」閻玄日鬼氣森森的說，「哪有如此不尊重……」

但學姊欣喜若狂的抱著漫畫衝進來，我看她尖叫轉圈，也看不出哪裡很尊重。

唉，以前慈雨使者雖然不怎麼正經，但祂在時的確比較安靜。祂一走，就開始有怪事。有人投訴夢遊，有人投訴失去一、兩個小時的記憶，還有人投訴不再作夢。

都是零零碎碎的小事，但我知道是轉學進來的轉學生所為。

整理好意見函，我心事重重的想去跟徐道長商量。畢竟咱們學校針對的是鬼魂，魔族……不在範圍內。

快到教學大樓的時候，我讓一個轉學生攔下來。

他們的氣味其實並不難聞，也不是說多濃郁。但何以風的例子讓我知道，修行越高越容易隱藏氣息，他就成功騙過了我。這些轉學生像是個個都擦了No.5香水，或者類似的。

龍涎香那類的催情香。

雖然這樣淡，但我不喜歡。

這些轉學生都讓人驚為天人，這一個也不例外。我發現他們似乎有強烈的階級意識，越被恭敬的越漂亮，我眼前這個已經達到美女標準了。

問題是，他是男的。

「哦，沈默的默娘。」他伸出一手撐在牆上，堵住我的去路。

我皺緊眉。白日裡校園行走，我沒帶掃把，得克制點。「安分點。」我冷冷的說。

他揚起好看的眉毛，「安分？我？」他輕輕發笑，「沈默是妳撐起來的吧？但我看不出妳有什麼能力。」

「如果你要繼續攔著我，就可以看出我有什麼能力了。」我客客氣氣的回答，「但還有一年要相處，和氣點不好嗎？」

他乾脆把另一手也撐在牆上，臉貼得很近，「我想看妳有什麼能力呢……」

自找的。

我一掌推向他的下巴，隨即橫肘撞向他的胸口，趁他踉蹌的時候，我已經三連踢讓他躺在地。

簡簡單單。

「過往的人很多喔。」我拍拍衣服上的塵，「我勸你安分些，省得我去找老魔先生告狀。」

「鄭燕青！」他擦著鼻血怒吼，「我叫昊闇！之前妳不知道我，將來我一定讓妳忘不了我！」

我冷笑的揮揮手，頭也沒回的，去找徐道長了。

這件事情我沒跟徐道長說，要相處一年呢，這種事情只會越來越多，通通都告狀起來還得了。

憑體力，我相信沒幾個人打得過我……不敢恢復真身的魔也在內。

但那天晚上巡邏時，我扛著掃帚出門了。

看起來，那個什麼昊闇的也是有頭有臉的魔，下手太重總是不甚理想，天生神力，我也很困擾。

果然，才剛巡邏完男生宿舍外圍，他就冒出來了。

「還打？」我橫眼看他。

「為什麼？」他聳肩，跟著我走，「等殛翼殿下登基，這兒就是我的屬地。」

真是個壞消息。不過我還是頭回知道老魔先生的名字哩。但他們魔界的家務事，我別插嘴比較好。

「不說話？」他攔住我，「將來我是此地魔主，那時再來跪地求饒就遲了呢。」

「等有那天再說吧。」我拍了拍掃帚，「下午的苦頭沒吃夠？想再來幾下嗎？」

「妳真以為我打不過妳？」他臉色開始發青。

「人身是絕對打不過。」我也不客氣了，「但在校園裡頭……你要知道有多少人在看喔。等等被人借個什麼藉口，結果到手的魔主也飛了。」

我的確很不擅長分析情感面的問題，但我理數一向都還可以。我會考不好大學，不是我不會，是我答題太慢，而且當天我還發著高燒。

這種小小的利害關係稍微想想就明白了。

他的臉忽青忽白，咬牙切齒了好一會兒，我繞過他，繼續巡邏。

昊誾追上來，「我承認沈默名不虛傳，歷任默娘和默然也非等閒之輩。我很中意妳。」

來硬的不成，改來軟的喔？「我不中意你。」

他一臉惱怒，又得意起來，「是人，就有愛恨貪瞋。」

「誰規定的？」我不想理他。

「妳一定有妳最想要而不可得的……」他湊過來，低低的說，「比方說，年紀當妳父親綽綽有餘的徐如劍……」

想也沒想，掃帚已經招呼在他頭上，迴身用帚柄往他小腿招呼，他格開的時候剛好中計，竹帚在他臉上刷過，刮了幾道細小的傷痕。

我應該留情才對，但我被怒火淹沒，痛下殺手，沒給他留點情面。所以他後來才會用魔威對付我。

說起來是我的錯。

但即使掃帚打碎了，我還是舉起拳頭，惡狠狠的招呼在他臉上，讓他飛過樹叢。

「……這是妳逼我的！」他嚎叫一聲，恢復魔的真身。

「住手！」徐道長氣急敗壞的聲音傳過來，「昊闇，你想被驅逐出境嗎?!」好不容易恢復人身的昊闇才願意罷手，對我冷笑兩聲就走了。徐道長不講話，火山爆發前的寧靜。

「妳為什麼這麼衝動?!」他吼起來，「我明明就告訴過妳……」

「是他來擾我巡邏，又不是我去找他！」我也爆炸了，為什麼別人來尋釁我還得忍忍忍，莫名其妙！就是氣昏頭了，我連不該說的都說了，「我可一點都不想讓他中意！」

徐道長的臉孔黑得跟墨一樣，「……且饒他這年。過了這年……」他牙關咯咯響。

我不知道該說什麼，或該想什麼。他拖了我去洗手，我才知道我的手快痛死了。

「沒骨折是妳運氣。」他咕噥，「拿人類的肉掌去打有魔威的魔？妳瘋了唷？個性改改好不好？……」

我心不在焉的聽他唸，看著他治我的手。

「……我不該發那麼大的火，對不起。」我喃喃的低頭道歉。

他忍住沒唸了，沈重的嘆口氣，揉亂我的頭髮。我渾渾噩噩的回去睡覺，覺得腦子跟頭髮一樣的亂。

好不容易睡著，沒多久我又醒了。兩點半，唉……

我起床想喝杯水，發現我又把身體忘在床上了。其實，我真的應該「躺」回去，但我……我覺得沒有身體比較好。

偷偷地，我溜到教職員宿舍，穿牆而入，徐道長闔目穩睡。跪在他胸口，我望著他的睡顏。

我會突然發怒，拚命揍旲闇，大約是因為……他說中了我的心事。我的確沒什麼願望和喜好，甚至也不為人際關係煩惱。別人哀傷沒有朋友的時候，我只覺得身邊一大堆人，煩得要死。

但我很喜歡徐道長，非常、非常、非常的喜歡。徐道長說，他很不容易喜歡人，卻很容易討厭人。

我不怎麼容易討厭人，但我也很不容易喜歡人。

我好喜歡他，好喜歡好喜歡。但他是徐道長，現在還是我的老師。而且他大我好多，我甚至不能用愛情啊婚姻啊綁住他。

雖然我也不喜歡那些關係。

我……我最想要的，只是在他眼前，當個永遠的小孩。可以對他哭、對他笑，聽他吹笛子，甚至是罵我也好。我想對他撒嬌，坐在他膝蓋上。

我只是想要這樣。

但不行，這個不行。我好難過，我真的好難過。我不要有身體了，當鬼多好？靠他多近都沒關係。

他眼皮動了動，緩緩睜開，「……小燕子？妳怎麼又離魂了？我不是說過……」

我撲過去抱住他的脖子，嗚嗚的哭。

「又是怎麼了？」他的聲音還有些愛睏，顯得特別有磁性。

「……我不要離開你。」

他坐起來，把我圈在他懷抱中，「妳做惡夢喔？」

「我不要離開你！」我把他的脖子抱得更緊。

他任我抱著，下床。「別任性了，妳不能離魂太久……」

「我就是要任性！我不要離開你！」我從來沒這麼幼稚過，像個無尾熊一樣吊在他身上。「我不要身體了，我不要！我不要長大，我要當你永遠的小孩子！」

好討厭好討厭，麻煩死了！我要的明明就很單純！為什麼又要被人講被人說，為什麼就是不可以？

他像是抱小孩一樣抱著我，「妳總是會長大的。」

「你不懂我的意思……」我又想哭了。

「我懂，我真的懂。」他摟緊我一些，在我耳畔輕輕說，「霽月，妳在我跟前永遠可以當個小孩子。不管發生什麼事情……甚至妳嫁人生子，都不會變的。」

不知道是靈魂缺乏羞恥心呢，還是我如在夢中。也可能是我腦筋有點打結。

扶著徐道長的臉，我吻了他。

他有回應，但是……為什麼沒有激情的感覺？

「呆丫頭。」他笑起來，「這樣可以綁住我？看輕我了。我說過，我很不容易喜歡人。不喜歡的人，脫光光在我床上，我也沒什麼感覺。」

我的臉垮下來，「原來你不喜歡我？」

「不喜歡怎麼會這麼抱來抱去，還隨便妳親？」他罵我，「我知道妳人際關係總是拚過頭，但好歹也用腦子想一下。像這等親暱，還是要挑對象時間地點……」

「我也不是那麼容易喜歡人啊！」我叫起來，「讓我這麼喜歡的，只有徐道長啊！」

他張大眼睛，好一會兒沒講話。等把我放回身體裡的時候，我勉強睜開眼睛，他的眼睛，真的好好看啊。他輕輕的低喊我的真名，我覺得……真的像是月光蕩漾。

我伸手摸他的臉，他看見我的佛珠。柔軟的眼神馬上嚴厲起來。他抓住我的手，從佛珠裡頭抽出一根很長的金色頭髮。

「……仁王的。」他太陽穴的青筋不斷的跳動，「難怪……我想就已經綁了魂，怎麼還會又離魂呢……？老土地……我明明說過……」

他好像忘記我有長腳這種東西，我也回到身體裡了，他直接把我又抱下來，怒氣沖沖的往後門去。

……我該慶幸現在是半夜嗎？

他把我往供桌一擺，「我忘了妳的鞋子，先別動。」他咬牙切齒。

「你要做什麼？」我怯怯的問。不知道是不是錯覺，老大爺好像在冒汗。

「建醮。」他從牙關擠出兩個字，氣勢萬鈞的燃香禱告、焚燒文書。

我是聽不懂他在念什麼，但像是在怒罵我時那種加強放大版。我不知道有人可以這樣怒火中燒的「建醮」。

我確定沒看錯，老大爺好大一滴汗滴下來。

等他拍完桌子，又把我背回去了。但他還是怒氣未熄。

「……你跟老大爺說什麼？」我小聲的問。

「沒說什麼。」他比較平靜了，「我也不想弄到砸老土地的香火，所以求他別讓妳亂離魂了。」

……我為什麼會喜歡一個脾氣這麼差勁的人呢？咬著食指，我不明白。

之九 眾生

我們這個萬年面臨倒社危機的沈默祕密結社，突然火紅起來。

我看著罪魁禍首的昊闇，奇怪他怎麼沒被我打跑。「對不起，我們不公開招募社員。」

他身後的跟班，很囂張的站出來，「別以為你們沈默就有什麼了不起……」

「讓你說話了嗎？」昊闇冷冰冰的說，那個跟班臉色大變，抖得像片秋風裡瑟縮的落葉，顫顫的躲回後面那群跟班中。

他換上一副人畜無害的溫和面容，「我是一年級的新生，而且也對月長石有反應，更何況，我見得到鬼。為什麼不可以？甚至我有推薦函。」

我開始怨恨那個和眾生混得太熟，天賦高到跑去當道士的學長。他跑去當徐道長的師弟（不同師父）我沒意見，但到處亂發推薦函，我極度非常的有意見。

「不是有推薦函我就得照單全收……」我清了清嗓子。

「那她怎麼說？」昊闇指了指正在縫浴衣帶子的閻玄日。

聽徐道長說，冥府和魔界水火不容，現在看起來似乎有那麼回事。閻玄日冷冰冰的瞪著昊闇，身邊冒出鬼火，昊闇眼中竄出金光，一觸即發。

「收啦收啦！」學姊的眼睛不斷冒愛心，「你叫昊闇？我知道了，你一定是為了徐道長來對吧？啊啊啊～好萌啊～年下攻與黑執事受～」

……啥？

學長也撲過去，「你喜不喜歡妹斗？喜不喜歡？不喜歡也沒關係，執事喜不喜歡？喜不喜歡？」

「夠了！」我真忍無可忍，「他是魔族，他們通通是魔族！」我知道我們只有見鬼度，這種大咖的我的學長學姊是看不到的，但也不要太誇張了媽啊……

「真的嗎？你的角在哪？翅膀呢？」、「啟示錄和福音戰士的關連性你有什麼感想？」、「你是東方還西方的魔？西方世尊和上帝是否同一人？」

這下子，連三劍客都圍上去了。閻玄日還不懷好意的獰笑著，提了兩大袋的ＢＬ和ＧＬ漫畫與小說，她比我那些漫畫瘋子的學長姊還狠，附帶了另一大袋的動畫。

我疲憊的把臉埋在掌心。

等糊裡糊塗的昊闇要回去時，雖然我不太喜歡他，但惻隱之心，人皆有之。

我含蓄的說，「你希望好好的維持魔族尊嚴，就別看這些東西。」

「妳說不看就不看？」他不信邪，「總之，我會從內部腐化沈默，然後逼妳跪在我膝下，當我的巫女。」

「……祝你好運。」我向他默哀三秒。

據說魔族不用睡覺，而且七情六欲比人類還強烈。我猜也是……闇玄日最少也花了兩個禮拜，他只有三天就沈淪得非常乾脆徹底。

真不知道誰腐化誰。

他一個人腐就算了，他的跟班們比他還腐，而且我不懂魔的眼光，他們特別喜歡那種暴力妹斗，就是外表清純可愛，但是為了主人赴湯蹈火，一蹲下來嘩啦啦倒出一堆重武器那種。

（但為什麼服侍的是女主人呢？這種東西需要開百合嗎？）

結果我們社辦多塞了十幾個人（？），大呼小叫的趕製戲服，打造武器，非常聲勢浩大的「宅配到腐」。

小東、小西好喜歡這些多出來的聽眾，發表新歌都有張著嘴的魔族熱烈鼓掌。我開始懷疑人間以外的生活非常貧瘠無聊，才會淪陷得這樣快。

但我真的受不了了，讓我們前任學長、徐道長的師弟繼續發推薦函，我們社辦不但會爆炸，而且絕對招不到能接班的學弟學妹。

我決定去找徐道長談一談。

我看了看徐道長的課表，但在教職員辦公室沒找到他。我猜他在宿舍裡，但是敲門沒人應。

試著開門，沒有鎖，推門一看……他胸口擱著一本書，靠在沙發上睡著了。

哇塞，秀色可餐。

我輕輕的關上門，坐在他旁邊很開心的看，人長得好看真是好，超賞心悅目的。他閉著眼睛，就男人而言，算是很長的睫毛。大家都對著他吼黑執事，其實沒那麼年輕啦，而且他的表情一直很嚴肅，甚至有些偏執。

最像黑執事的時候，是他低聲喊我真名的時候，那時候的表情真的有點邪惡。

但我好喜歡他那偶發的邪惡。

應該說，他什麼時候我都好喜歡……就算他額暴青筋，對我大吼大叫的時候，我也覺得好喜歡。

扶著他的臉，我偷偷吻他。我就不信吻不出激情。

結果我一下子失去重心，跌在他身上，被他大掌一壓，追加了幾個「有深度」的吻，還被他輕輕啃咬了好幾下。

「不要！」我慘叫，「好癢……哈哈哈哈～真的好癢……」我躲著他在我臉上的亂咬，笑得快要喘不過氣來。

「怕癢還敢偷襲人！」他坐直，把我抱到他膝蓋上，「還躲！」

他在我脖子上咬了一口，我已經笑軟了。想想很不甘心，我抓著他的臉亂咬，他閉著眼睛沒動。「……妳小狗啊？用舔的？妳真的交過男朋友？連調情都不會。」

被他譏笑真的有夠悶的。

「做什麼跑來偷襲我？」他板起臉孔，毫無例外的敲了我的腦袋。

「咦？」我咬著食指，「……我、我忘了欸。」

他以手加額，深深的嘆了口氣。

「這不能怪我啊，」我爭辯，「因為你看起來就是一副很好吃的樣子……」

「小孩子跟人家知道什麼好不好吃的，不如把這心思放在讀書上頭！妳有在念書嗎？妳的經濟學教授笑得東倒西歪的拿妳的報告給我看，我的老天啊……妳寫那什麼笑話大全……妳腦袋的神經線真的有接好嗎？」

「什麼笑話大全！」我非常憤慨，「我很認真的分析欸！」

又他說一句我頂一句。讓我意外的是，這個現代道士，對經濟學還頗有研究哪，我以為他只熟自己領域內的東西。

「……小燕子，別咬我了。妳小狗嗎？講不過就咬人？」

我鬆口，有點愴然若失。「你沒有想撲倒我的感覺嗎？」

「……妳在說什麼啊?!小姑娘家滿腦子裝的什麼東西，你們社團那群混帳真把妳污染得……」

「我想造成既定事實呀。」實在我有點沮喪，「但我沒有那種激情的感覺，不知道怎麼下口。」

「妳野獸喔！」他又敲我的頭，「只知道咬啊吃的，笨蛋！」

結果還是無功而返。嘖。

「嗯，我沒激情的感覺。」他起來把襯衫釦子扣好，剛他睡覺的時候解開到第三顆。走到浴室準備梳洗，「但吻妳的感覺很不錯。」他關上浴室的門。

……這比吻他還讓人臉紅心跳。

「發什麼呆？」他出來的時候拎著毛巾，幫我擦臉。「昊闇那混帳東西有沒有再吵妳？」

咦？喔喔喔！對，我就是要跟他說這個！

「昊闇他……」

我才說三個字，剛剛還宛如春風般和煦的徐道長立刻換上大雪山的狂風暴雨，「我立刻去斃了他！」

「不～」我慘叫的抱住他的腰，「聽我說啊～」

喜歡這樣暴躁的人真的好嗎？我開始有點懷疑了。

漲紅著臉，吃力的抱著他後腰拖著他，終於在社辦之前把事情說清楚了。我不敢去想多少人看到這種詭異的場景，也不敢去想有多少女生會對我釘草人。

「這樣也是不行的。」他的氣終於消了，「人鬼分道不能外傳到非人手上。」

他打開社辦，一片歡呼。

「有沒有？有沒有？」學長跳到徐道長的面前，把他梳上去的頭髮弄亂，「像不像？」

昊闇忘情的喊，「沒錯！賽巴斯欽！」

我還沒搞清楚發生什麼事，已經讓學姊拖出來，往我臉上鹵鹵莽莽的戴上眼鏡，還圍上圍裙，「像不像？像不像？小燕子別說話喔！」

「艾瑪！」昊闇扶著臉喊起來。

「就說照片不夠傳神啊，看到真人是不是很感動？」

「沒錯！」這次不但是昊闇發神經，連閻玄日都一起叫了。

「所以你們也來扮啊，不要害羞……這次小燕子也會來……」他們開始遊說那些魔族。

「我從來沒說過我也要去！」我生氣了。

明明是來阻止昊誾和閻玄日繼續待在社裡，但他們奉上剛印出來的第三集，徐道長就鬆口了，只是嚴厲的說，人鬼分道不外流，他們別想知道底細。

但看他們的樣子……他們比較期待新的黑執事，不想知道什麼人鬼分道。

「……我就知道。」我開始埋怨，「最少你要跟你師弟說一聲啊，徐道長。你跟他們有什麼兩樣？還看港漫……」

「說好不提的！」他有些惱羞成怒。

不提又怎麼樣？還不是躲著學生看？我嘀咕著，要他等我一下，我去拿了個紙袋給他。

「這是什麼？」他皺眉。

「你不是說，天子傳奇少了兩集？」我沒好氣，「學姊他們有門路可以弄到，我就幫你弄來了。」

他火速打開紙袋，微微張著嘴，激動得說不出話來。用力弄亂我的頭髮，就抱著紙袋大步走了。

我頹下肩膀。某種程度來說，徐道長和我們社裡那群動漫畫瘋子，真的沒什麼兩樣。只是他比較含蓄害羞而已。

一面梳頭髮，一面心頭有些幽怨。

*　*　*

魔族在學校腐成一團，意外的沒惹什麼麻煩，但人類給我們添麻煩了。

有人投了黑函，說我和徐道長搞曖昧。徐道長被校長請去「談談」，但徐道長反問校長，「曖昧的定義是什麼？我跟她的學科一點關係也沒有，我管不到她的成績。如果是問我有沒有跟她上床，答案是沒有。但有沒有戀情關係，目前也還沒有。校規有禁止這條嗎？」

他這段有點沒常識的話，在學校裡頭造成轟動，我走到哪，都有人來探頭探腦看長什麼樣子。

當然女孩子會講得很不好聽啦，說什麼裝文靜卻拐老師什麼，還有讓她們吃吃竊笑的污言穢語。

我的朋友和同學都很緊張，外系的同學不知道我潛在的暴力因子，事實上我對一般同學很客氣也很容忍，對我們社裡的社員才毫不掩飾。

所以呢，她們不知道我暴力到什麼程度。

不過我很少打女人，勝之不武。

但我到處打聽最愛講這些的，超意外的，居然是我們高貴的校花。跟她驚人的美貌一襯，我真成了她提鞋的ㄚ鬟。

只是，我又不是她的ㄚ鬟，也沒喜歡她。

我直接走到她面前，對她和氣的一笑，「很忌妒吼，很羨慕吼。」我小聲的跟她講，「徐老師的嘴脣好軟，好像軟糖，而且他很會接吻哪。」

我離她遠一點，冷笑兩聲，「可惜妳永遠碰不到哩。徐老師只喜歡我。」

「……妳這個不要臉的女人！」她尖叫的罵起來。

「徐老師就喜歡我這樣的不要臉啊。」我搖頭，「妳這輩子都沒機會了啦。」

我轉身就走。

這樣真的超幼稚的，幼稚到不行。但我覺得很煩，喜歡就衝去說喜歡啊，但對方喜不喜歡，要看對方。剛好我喜歡徐道長，徐道長喜歡我。

難道妳說幾句壞話，寄幾封黑函，徐道長就會喜歡妳？神經病。

不過人類真的很奇怪，我這樣直接嗆了校花，以後就沒什麼人敢說什麼，黑函也沒了。

我更大搖大擺的抱著徐道長的胳臂，在校園招搖過街。

「妳文靜的只有一張臉皮。」徐道長嘆氣。

「對喔，但你又不是喜歡我的臉皮。」我下定決心要讓他成為跌停板。

他笑了起來，又揉亂我的頭髮。

我們算是在交往嗎？有時候，我心底也會湧起這樣的疑問。

但這種問題真的很麻煩，我仔細想過「交往」是什麼，腦筋馬上打結。雖然我交過一任男朋友，但時間不到一個月。雖說該經歷的都經歷過了，但沒什麼喜不喜歡的。認真說的話，只覺得無奈又麻煩。

但在他房間裡，桌上攤開好幾本原文書，滿頭大汗的被他罵，這樣……真的算是在交往嗎？

「妳上課有在聽嗎？」徐道長把書一丟，滿臉發青。

「當然有啊，」我抗議了，「你看我的筆記……」

「上課是要上在妳腦袋裡，不是讓妳抄完筆記就完畢！」他對我大吼。

「就進不了大腦我有什麼辦法?!」我也叫了，「我又不炒股票，證券市場關我屁事！」

他的臉完全黑掉了。「……妳到底要不要交報告？」

「我要交，但我實在讀不進腦子……」

我們開始吵起來，越吵我越火大。但原本暴怒的徐道長突然露出有些邪惡的笑容。

「如果妳讀得進大腦，我就教妳怎麼接吻。」他開出我絕對不可能拒絕的條件。

「這個……」我訥訥的，臉也紅了起來。

「而且還可以吹笛子給妳聽。」他非常誘人的一笑，「妳不是很喜歡聽我吹笛子嗎？」

「人都有行和不行……」我還想掙扎。

「而且我絕對不對別的女生笑。」

……拚了。

那些煩死人的證券市場分析，我突然覺得非常容易。預計一個禮拜才能完成的報告，我花兩天就寫完了，我猜就算十年後還記得清清楚楚。

原來我不是笨，而是缺乏動力。

他這樣不會轉彎的人，果然大方的讓我狠吻了半天……呃，還很仔細的「教學」。

「……你不是不喜歡男人也不喜歡女人嗎？」教學完畢，我開始有點納悶。

「我以為試試看說不定會喜歡。」他沈默了一會兒，「我想我是有點缺陷的。不管是男人還是女人，都不喜歡。」

「我呢？」坐在他膝蓋上，我發現我真的很愛問蠢問題。

「妳是我最喜歡的……」他又露出那種有點邪惡的表情，「霽月。」

真奇怪，接吻只感覺很好，卻沒什麼激情。但他這樣叫我的時候……我覺得我心跳快到要休克了。

「我也覺得……試試看的感覺沒什麼好的。」我勉強擠出這一句，小心翼翼的問，「你很介意處女的問題嗎？」

他板起臉，「結果妳還是吃虧了啊！是哪個渾小子，我去打斷他兩條腿！」

我怎麼敢講啊？徐道長可是言出必行、劍及履及。

「好不容易有男朋友了，難免會想試試看啊。」我搔了搔臉，「……你介意嗎？」

「為什麼？」他反而困惑，「我也不是處男啊。」

「感覺怎麼樣？怎麼樣？」我興奮的問。因為我的經驗真是乏善可陳。

「妳這個好奇心是怎麼回事……」他笑出來，「在非常寂寞、寂寞到想死的時候……會覺得很渴望。」

他的眼神黯淡下來，「但滿足了欲望之後，卻覺得非常非常的空虛，比寂寞還糟糕。」

真奇怪，我應該不懂才對。但我懂，我非常非常的懂。不喜歡的人，再怎麼擁抱，也沒有溫度。

我緊緊的抱著他，他也擁緊我。一種安靜卻溫柔的寂寞湧上來。我們這種人，真的很糟糕。只憑感覺，而且對情感挑食到可怕的地步，認定一個人，死都不能改，喜惡這樣分明。

「第二名也很好。」我扶著他的臉，「你是我的第一名。」

我想他是聽懂了，表情那樣感傷而溫柔。「……妳是第一個我喜歡妳，妳也喜歡我的人。」

我趴在他腿上聽他吹笛子。我覺得非常平靜，而且很美很美。連空氣都是甜的。

說不定這就是愛？

真好，我終於知道什麼是愛了。

但我應該早在被腐化之前，就解決掉昊闇才對。（或者他那些該死的手下）

我忘了，門板大約可以擋住人類的眼光，卻擋不住魔族。而學長學姊自從多了許多人手（？）之後，進度飛快。昊闇和闇玄日又是非常慷慨的金主，所以他們非常大手筆的出版了第四集。

我和徐道長的「教學」、趴在他膝蓋上聽笛聲，不但被扭曲放大，還加了許多不應該有的情節。這次除了三點不露，真的該露的都露了……

我說過嗎？我爺爺是開國術館的，師承西螺七崁，還是正式二崁傳宗，特別專精棍術。

這次我抓了三把掃帚，並且細心的鎖上門。

之十 微酸

「什麼？你們還沒奔回本壘？」學姊一臉失望，「親也親了，抱也抱了，居然還沒全壘打？」

我對女人向來比較容忍，所以我只是把道具扛高一點，並沒有揍她。從牙關擠出兩個字，「……沒有。」

「你們在撐什麼？」學長插嘴了，「趕緊奔回本壘啊，不然情節都要我們自己捏造……」

「你也知道是捏造啊！」我對男人的耐受度就低非常多了，恨不得把我肩膀上這個龐然大物砸在他腦袋上，「你們這對交往N年還只到牽手的好意思跟我講什麼本壘不本壘？」

「我們走純愛系，跟你們這種肉體派不同。」學長言之振振。

我勃然大怒，正準備砸在他腦袋時……鎂光燈狂閃個不停，喀嚓喀嚓個沒完。

忍忍忍。我不在外面揍弟妹，也不在校外扁學長學姊。更何況，這是FF，人來人往，非常的多。

結果我們這團幾乎搶盡鏡頭，我想也是。一個地獄少女，三個妹斗（包括身高一八〇的學長……），三劍客、昊闇，以及昊闇的跟班扮成執事，小東、小西打扮得超可愛的，正在唷唷耶耶的顧攤位。

集帥哥美女（別算我）和驚異（身高一八〇的娘炮）與可愛，當然會謀殺很多底片。

更重要的是，果然遠來的和尚會念經，魔界來的特別手巧。他們打造的道具真是巧奪天工，不管是機關槍還是各類武器，都唯妙唯肖，大大提升了可看度。

至於我會在這裡，有兩個緣故。但我想最終還是得歸咎於……

我該死的個性。

真恨死我自己那種護短又熱血過頭的性子。

當初他們要扮暴力妹斗，我是死都不要的。但魔族的手工實在太精美，甚至做了一個加農火箭砲。但越精美的東西越重，連學長都扛不動，所以這個重責大任落到我頭上了。

本來我是不肯的，但是我們學校的正統動漫社傲慢的譏笑過學長學姊後，我就怒了。

我們葉勤學長和雅意學姊大一就加入動漫社。但他們體質實在太特別，老是動不動就尖叫或嘔吐，驕傲的動漫社將他們倆一起踢出社團，被三劍客撿回去了。

一知道動漫社也要出FF，我一時怒火攻心，答應下來，當然也負責扛那門加農火箭砲。

那門火箭砲擺在地上，比我還高一點，扛在肩上，更是引人注目，泛著唯妙唯肖的光澤。從我扛進場到現在，鎂光燈就沒停過。

丟臉死了。

「明明妳就把徐道長的襯衫鈕釦都解了，為什麼不進行到最後？」連閻玄日都來插一腳。

……我開始懊悔揍他們的時候總是雷聲大雨點小。掃帚故意打不中的時候比較多，而且還精確的控制力道，打得痛但不會成傷。畢竟我多年「鐵的紀律」的經驗，重點是震撼教育而不是大殺四方。

（真大殺四方，社員和我弟妹早死八百次了）

我掂了掂加農炮，邪惡的暴力緩緩升起。反正冥府使者打不壞，我還是真實的實行一次掃蕩好了……

但我才猙獰的舉起加農炮，鎂光燈更不要命的拚命閃。我只好把殘存的耐性儲量通通拿出來，忍無可忍，重新再忍。

當眾行凶總不是好事……還被拍照存證。

我真恨他們。

冥府來的，是不是特別沒有羞恥心？居然還透過門板偷看！

其實我也很不懂，明明親也親了，抱也抱了，為什麼想更進一步，總是笑場作終。

徐道長很堅持由我主動，因為他年紀長，動手有「威逼」之虞。他的腦袋是水泥作的嗎……？

但是襯衫釦子都解開了，我看著他，他看著我，總是噗嗤一聲，覺得我騎在他肚子上真的還滿蠢的。

可能是，我對他還殘存著爸爸的感覺，他也對我有女兒的親愛。盡量親暱沒有什麼問題，但要跨越最後一道……就是覺得很白痴，很好笑。

「……你想要嗎？」我誠懇的問。

「我配合妳啊。」他聳聳肩，「反正我還有房中術可以倚靠。」

我打他的頭。

「目無尊長！」他怒目。

「這種姿勢我也很難有尊長的感覺。」我坦白。

結果他把我抓來按在膝蓋上打了幾下屁股。

你說這樣真有情人的感覺嗎？我真不覺得。我們倆又不是很愛挖掘自我的人，就覺得順其自然就好。哪知道在一旁焦急偷窺的人那麼多。

我真的很悶。

「小燕子，」昊誾含羞的說，「妳真好看。」

……這傢伙迷戀重武裝妹斗迷翻天了，誰來扛都嘛說好看，就算學長來扛他也會這樣。

「你來扛好了，重死了。」我面無表情的說。

「我扛就不好看了。」他扶頰臉紅。

……我要退社。

「我想回家了！」我對學長學姊吼。

「不要啦！」他們一左一右抱住我，「重頭戲快來了啦！」

我有不妙的預感，但我的預感竟然成真。

穿著黑色燕尾服的徐道長居然到會場來了。我的眼睛真的快掉下來。

他真的帥到不可饒恕。其實要論美貌度，魔族那票就可以拚過他，但他真不是美貌度的問題。甚至他也不是很像賽巴斯欽，他的頭髮都規規矩矩的往後梳，綁個小馬尾。

但今天他沒綁頭髮，任由很長的額髮垂下來，就有點像嚴肅、年過三十的黑執事了，加上那種出塵、冷酷的氣質……

我想拿個布袋蓋起來，不讓人看到。

他茫然的找了一會兒，終於看到我。裝作若無其事的走到我身邊，我覺得背上都是汗。

「……你怎麼有燕尾服？」我覺得頭好暈。

「偶爾出席大場面穿的。」他聳聳肩，「本來是為了一年後的……不好嗎？」

「帥到有罪啦！」我咬牙切齒，好想把那些痴迷女人的眼睛挖掉。

他輕笑，那些女人快化成一灘水了老天……「葉勤跟我說，今天妳會穿裙子來。」

他視線微微移向我的裙襬，「雖然短了點……但妳穿裙子真好看。」他頓了一頓，「早就想跟妳講了。」

……我猜，葉勤學長大概拿這誘哄他穿燕尾服來。

「我就知道……」我低低的罵，「你幹嘛不cosplay天子傳奇或北斗神拳？」

「喂。」他變色了，「妳在生什麼氣？」

「我討厭那些女人這麼看你！」我突然火大，而且是非常非常火大。

他張大眼睛，然後生平第一次主動吻我。

居然是在cosplay會場，不知道幾百人面前，公然大膽的吻我！

他接過我沈重的加農炮，「好，別氣了。」很霸道的攬住我的肩膀。

我這個時候才沈痛而深刻的了解到，他比我還嚴重很多很多，對喜歡的人衝過頭的程度，可比高鐵。如此的少根筋。

我將臉埋在掌心。

這下想賴也賴不掉，不知道被拍了幾百張照片。我正緊張兮兮的等著被記過或退學，不然也可能傳到我爸媽耳底……

闇玄日泰然自若的說她已經把事情都搞定了。

「妳把所有底片都燒了？」我大喜過望。

她睇了我一眼，「……一點點催眠術就可以辦到的事情，為什麼要大費周章燒底片？」

……敢情妳去動我們學校老師校長的大腦?!

「沒後遺症的，」她考慮了一會兒，「就算有，也很小。」

等我看到一向西裝筆挺的校長穿著夏威夷衫對我們說「阿囉哈」，我才知道有多「小」。

這事就算了了，昊闇不知道在瘋什麼，最近又跟我針鋒相對，百般挑釁，死忍千忍，忍耐不住對他破口大罵，「別仗著你那魔族的身分找麻煩！」

「我是以人類社員的身分跟妳挑戰！」他喊。

扳了扳手指，反正他打不壞……我悶到現在也已經是極限，急需發洩。我和他痛痛快快的打了一場，絲毫不保留的。

我想他身手應該很不錯，但我別的沒有，就是天生神力，運動神經意外發達。真能制服我的，大約就徐道長，其他人真的要好好練個幾年。昊闇這樣倚賴魔威的魔族已經很不錯了，居然可以跟我打個勢均力敵，實在是太躁進，才讓我賣個空門，摔過樹籬。

他滿頭樹葉，一臉鼻血的爬過來，我強忍住笑，盡量嚴肅的看他。

「……總有天，我會打贏妳。」他一把搶過跟班遞過來的手帕。

「你弄點魔威我就輸了。」我聳聳肩。

「妳把我昊闇看得輕了！」他怒叫，「我會親手用人類的方式收服妳！我才是妳該服侍的主人！」

……啊？

他還沒放棄要我當他的巫女喔？我以為他早又宅又腐的忘記這件事情了哩。

這該不該告訴徐道長呢？我煩惱起來。告訴他，他也只是白生氣，萬一秋後算帳，只是白添些仇家而已。聽說他仇家很不少，何必如此。

想想何以風的慘況……我不禁打個冷顫。

何以風不愧是個變態，前些時候他還在僕人的攙扶下，不怕死的來找我訴衷腸。我以為他已經拼完了，結果他可憐兮兮的說，他是附身在紙人上頭，只求見我一面。

叫他快滾，他又不要。結果徐道長來了……我拚命求情，他嘴裡答應我，一轉身，徐道長露出有些邪惡的笑容，一彈指，何以風就燒了起來，哇哇大叫往山下奔。

「……你明明答應不對他下手的！」我吼起來。

「夠他燒到家裡才燒完。」徐道長不為所動，「這等淫賊，根本不須多加憐憫！若是二十年前……他還想要有點渣？」他冷笑兩聲。

遇到我的事情，他的腦神經很容易燒斷。我不是某些變態女生，很喜歡看到男人為我大打出手，那太無聊了吧？

昊誾……我自己還能應付，那就算了吧。

想去找他吃中飯，我走到教職員宿舍，但他的門半開半掩。

我這才發現，遇到他的事情，我的腦神經也很容易燒斷。

他坐著，神情冷漠如大雪山，但一個美豔絕倫的尤物，正忝不知恥將臉湊得很近很近，差不多只有一張紙的距離，嘴脣幾乎擦到他的耳際，胸口低到妨害風化的邊緣，彎著腰，一覽無遺。

「我勸妳，」我的聲音開始不穩了，「最好離遠一點。」

那尤物冷淡的看我一眼，從她洩漏出來的龍涎香我知道她大約是魔族，還是身分很高那種。但我失去理智的時候，往往都很瞎。

「她是誰？」尤物嬌嗔著。

「我的小燕子。」徐道長皺緊眉，「小燕子，冷靜點。這是夢魘大人。」

尤物咯咯笑，「但我冷靜不下來呢……如劍……」她伸出粉嫩的舌頭，舔了舔徐道長的耳朵，他躲了一下，滿臉不愉快。

我的腦神經全體陣亡了，理智已經完全風化殆盡。

其實呢，我對女人向來留情。但她是魔物，打不壞的，我不過是區區一個人類。我將所有的憤怒化為這一拳，她算閃得快，所以這拳只打穿了沙發。

但沒想到我想練一直練不出來的掌風居然出現了，讓她貌美如花的臉孔噴了一小道血泉。

「……卑賤的人類，敢傷我!?」她大怒，十指噴出黑霧。我猜是惡夢吧？若是平時我一定好害怕，但當我氣昏頭的時候，惡夢也不惡夢了。

「不想死就給我滾！」我按著地板火速的念誦著九字真言，狂風大作，惡夢颳得一點影子都沒有，我大踏步走到她面前，揪著她胸口，舉起拳頭。

但我的拳頭被抓住，「夠了小燕子！」

「放手！我非把她碎屍萬段不可！枉顧你的意願敢碰你?!」我掙開他，決心讓這個花顏失色的尤物成爛茶渣不可。

徐道長按著我的肩膀，在耳畔輕喚，「我的霽月……」

……我臉紅心跳的腿軟了，氣都不知道丟到哪個爪哇國。

那個尤物一臉眼淚鼻涕，躲到徐道長背後，「……她明明是個沒修煉過的人類。」

徐道長聳聳肩，「妳覺得徐某的女人會是好相與之輩嗎？我現在是先穩住她，等等她真的氣起來……我還真沒辦法呢。對了，夢魔大人，妳願意約束手下了嗎？我就是怕她衝動傷害到貴客，才苦口婆心。還是讓小燕子直接去找妳的手下談談呢……？」

「我們會自我約束、我們會管好自己不亂吃萝！」她嚇得直哭，「拜託抓好她……我先告辭！」

等她走了，我還跪坐在地板上。徐道長過去關好門。

「……把我說得跟什麼猛獸一樣。」我嘀咕。

「本來就是猛獸。」他沒好氣，「她是魔界排行第九十八的高手。妳把她嚇哭！」

「魔界一定很沒有人才。」我尖酸的說。

「……妳剛才是在幹什麼?!」徐道長罵起來，「我不是說過妳不能亂用天賦嗎？我絕對不會讓妳受到傷害……」

「那你就可以隨便那個女人要摸就摸，要舔就舔嗎?!」我冒火了。

「我又沒對她笑！而且這是公事……」他罵起來，「妳為什麼這麼暴躁……」

我想說話，但不知道該說什麼才好。對啊，我幹嘛那麼氣？但我現在還想把那女人撕成八塊。

「我吃醋！我快酸死了！」我對著他揮拳頭，「她膽敢忽視你的意願……你又不喜歡她碰！」

他張大眼睛，眼神帶著一種詭異的笑意，「若我喜歡呢？」

徐道長是個混帳。我用手背抹去眼淚，站起來拉開門，「再見。」

他把我拉回去，不管我又打又罵，笑著把我拉到膝蓋上坐。「我逗妳的。」

「我要宰了你！」我氣得大叫。

「妳不會宰我的。」他貼在我耳邊輕喚，「霽月。」

……又來這招，可惡。

等我好不容易平靜下來（事實上是我累了），他抱著我笑，「……妳跟我年輕的時候很像。」但他沒往下講。

「是你的學長嗎？」我轉頭看他。

他神情有些變化，很複雜。「……嗯。」

我的心，泛起微微的、柔軟的酸。我永遠都是第二名，但我不怪徐道長，將來他若不在我身邊，我就算再喜歡了誰，也取代不了他的地位。

很悲哀的天性，沒辦法，真的沒辦法。

「但我們不要說這個。」他從背後擁緊我，「以後絕對不會提他。」

突然不酸了。我發現，我還真是他媽的好打發。

「你說吧，我想聽。」我按著他的手，「看能像到什麼程度。」

沈默了很久，徐道長緩緩開口。「我很衝動的跑去跟他說，我喜歡他。當然，他拒絕了，但我還是追著他，繞著他轉。我甚至求他收我當徒弟……誰敢碰一碰他，我都不答應。他心屬的共修吻他，我還抱頭大叫，恨不得馬上死掉。」

他偏頭想了一下，「那時候真的很幼稚。」

……現在還不是，瞧瞧倒楣的何以風。我們真可憐，都這麼幼稚又衝動。把整個心都掏出來硬塞到對方手底，誰敢碰一碰心愛的人，就會失去理智。

「……我最喜歡你，永遠喜歡你……神獄。」我小小聲的說，還得忍住眼淚。

「我知道，我也是。」他湊在耳畔，輕輕喊我的真名。

……別再來這招了。

這件事情唯一的後遺症是……學校轉學生當中的美女集團，遠遠的看到我，就會花容失色的轉身就跑。

我看起來真的很像……猛獸嗎？

但一波未平，一波又起，我覺得很疲倦。

我想我把昊鬩的腦子打壞了吧？早知道下手不要太重，我哪知道魔族也很脆弱。就在某次被我打得七葷八素的時候，他奉上一只寶石額冠，一表正經的跟我求婚。

「我想通了，」他嚴肅的說，「這種怦然心動的感覺，一定是愛。請妳當我的領主夫人。」

「……你是被我打到氣血不暢，所以心跳過速。」我無可奈何的說，催他起來。

「不！妳就是我夢寐以求的暴力妹斗！自從看到姓徐的在會場吻妳，我就沒一天好睡……他不過是個窮道士，我可是富可敵國的魔界領主！而且他不過十來年道行而已，甚至被祝融唾棄，他能有什麼作為，能給妳什麼……而且他還是個雙性戀……蘿莉控的死老頭……他只是在玩弄妳嬌嫩的肉體而已……」

他滔滔不絕，我一直想打斷他，暗示他，他卻說得很樂。

孩子，徐道長在你背後，他非常火。

「……你要不要試試看？」徐道長獰笑著按著昊闇的肩膀。「看我這無能的道士能做些什麼？」

除了場面非常血腥殘忍，我找不到其他辭彙形容。幸好閻玄日維持著結界，我不敢想像會產生什麼巨大災害。

昊闇後來硬著頭皮恢復真身，卻正中徐道長的下懷，他直接收了昊闇。而且準備一把摜碎收了昊闇的水晶球。

我看情形不妙，撲過去抱住他的胳臂，試圖搶下來。

「放手！」他雙眼通紅的大吼。

「這給我啦……」我輕輕在他耳畔說，「神獄……」

所謂以其人之道還治其人之身。他整個愣住，臉上有淡淡的紅暈，任我拿去水晶球。

幸好他不容易喜歡人，不然這樣被人吃得死死的還得了？

後來還是我抱去土地祠，讓老魔先生把昊闇放出來。

昊闇還是來上學，但看到徐道長，就會貼在牆上簌簌發抖。

沒幾個月，我們就把一小半的魔族嚇成這樣，這樣……真的好嗎？

我納悶了。

之十一 師門

今天要上供，雖然闇玄日的官比老大爺大，昊闇根本不甩神界封的土地，但昨天讓我瞪上一眼，馬上改口說今天會乖乖的來。

下了課我就匆匆跑來社辦，打開門，葉勤學長抬頭，表情馬上變得驚駭莫名。

「小燕子……妳的脖子……」他再不控制點，眼睛會掉出眼眶的。

他的話引起大家的注意，人人都淨往我的脖子瞧。

「沒什麼，」我輕描淡寫，「拔罐。」

「……這罐，」葉勤學長真的一點進步也沒有，滿臉賊笑，「意外的小啊……」

我早就知道會這樣了。所以我很冷靜的去拿了牆角的掃帚，「不然呢？你們說這是什麼？」

一帚在手，威力無窮。真比什麼威力卡都好用。

整屋子的人（還有冥府和魔族），異口同聲，非常整齊的，「拔罐！」

我費盡苦心的震撼教育果然還有點用處。

這瘀青，說起來是我自找的。

既然已經確定我愛徐道長了，當然沒什麼好客氣的。雖然很詭異的，總是跨不過最後的防線，但脫他襯衫好像有癮似的，雖然他不同意脫掉，但也不介意我解開所有鈕釦。

我承認我是個色狼，看到這樣結實又精壯的肩膀，口水幾乎都要滴下來，忍不住又親又咬的。

他總是默默忍耐我的狼啃，堅持謀定而後動，但他的老師個性大約沒有救了，終於忍不住把我抓過去，「吻痕不是咬出來的。」

很認真而確實的「教導」我怎麼種草莓。

我在他脖子亂種，他也沒有生氣。稍微運氣就沒了瘀痕，但他要幫我消除，我卻摀著脖子逃得遠遠的。

「……妳要這麼出去？」他很驚訝。

「那當然啦！」我覺得這是理所當然的事情。「你是教授，當然不能掛著吻痕。反正大家都知道我們的關係，我就是要讓那些敢對你流口水的女生徹底死心！」

他輕輕的笑，將臉別開。「個子小小的，醋勁這麼大。」

嘖，這個人。

「何以風，昊誾。」我掂起腳，輕輕在他耳邊說。

原本溫柔的面孔立刻鐵青，牙關咬得咯咯響。「……宰了他們。」

他還好意思說我哩！

所以我掛著脖子上的吻痕招搖過市。我發現真的是「人不要臉，天下無敵」。以前多怕人家講啊……現在巴不得那些不要臉的女生都來看看，我還特別去校花面前轉了兩圈，她差點把手裡厚重的原文書給撕了。

太痛快了。

但這不代表我由得社裡這些混帳跟我說東說西的。但我的威力鎮壓卻達不到老大爺那邊去。

我代表去擲筊問祂滿不滿意，連擲了二十七個，都是笑筊。

最後是葉勤學長跟祂擲筊，才得到聖筊，那些可惡的社員早笑翻了，只有昊誾黑著臉。

我默默無言。有個被人垂涎的情人真是辛苦，還得忍辱捱別人的嘲笑。

我對這種愛情生活真是滿意極了，徹徹底底的對徐道長的美色投降。最大的樂趣就是吃過飯去他那兒念書，挨完罵以後，在巡邏之前，可以坐在他膝蓋上盡情親暱。

雖然偶爾會納悶，我們這樣兒真的是正常的情人嗎？尤其是有回我看到一個爸爸把臉埋在小女兒頸窩逗她癢……我真的覺得很眼熟，因為那也是徐道長最喜歡的一招。非逗得我又笑又叫，還輕咬好幾口才放過我……

這樣正常嗎？

但這種疑問很快就拋開。畢竟我們都不太擅長分析自己，照本能行動比較愉快。不過，徐道長畢竟比我老爸還大，真要克制本能，強過我太多，我道行真的太淺。

終究有一天，我被迫隔絕在他美好的身體之外，長達十天之久，餓得我出現禁斷症候群。

事情是這樣的，我的會計，一直是最弱的一環。大一還可以靠死背過去，但大二我們換了新的會計學教授，他的脾氣火爆到極點，不知道為什麼，非常講究簿記的部分。

發現我學了一年，連「借貸平衡」都搞不清楚，以至於期中考抱了個鴨蛋，大發雷霆，揚言十天後要給我個別小考，考不到七十分，就算我期末考考得再好，也要讓我死當。

這個會計學教授不知道發什麼瘋，居然叫住徐道長，要他管好我。

……我知道我們兩個都不避嫌，但也不用這麼公開啊老天……

等徐道長了解我的會計學有多弱以後，他也變臉了。冷冷的跟我說，「這十天妳還是專心念書吧，大概是我們狎暱過度，妳書都不能好好念……」

「這跟那有什麼關係？」我大急，「你沒學過會計不知道，那是很莫名其妙又不知所謂的……」

「我不知道？」他冷笑兩聲，隨便抽了張試題，看了一遍，二十分鐘就做出完整的試算表。他很可惡的揚揚眉，「我不懂？」

於是，他就把我一腳踢入地獄中。

他每天吃過晚飯，就把我拎到房裡盯著我念書，卻連碰都不准我碰。還揚言若會計小考不到標準，這種折磨要延續到寒假。

每天盯著他卻連摸都沒得摸，我真熬到兩眼發赤。

「你一定不愛我。」我忿忿的想抓出試算表哪裡不平衡，「我早晚會變成犬神！」

「……犬神？」他迷惑的看我。

「就是把狗從脖子以下都埋在土裡，卻在牠面前放很多好吃的東西！看得到又吃不到，然後……」

他打斷我，「好了，我知道什麼是犬神。」居然還有臉拚命忍笑，「妳檢查一下，是不是什麼地方多了個零？」

我就知道他完全不愛我！這混帳！他幹嘛不去愛試算表呢？討厭鬼！

但十天後，我小考完畢，鐵青著臉，我拎著考試卷去找他，反正他下午沒課，這是他欠我的！

一腳踹開大門，我將八十九分的考試卷在他臉前揚了揚，把他推到沙發，氣憤的跨坐在他的膝蓋上，怒氣沖沖的嘖嘖親了好幾下，把臉埋在他的頸窩，氣得要死。

「小燕子……」他笑了起來，「起碼讓我去關門。」

「閉嘴！」我尖叫，用力的抱緊他。

他擁緊我，笑個不停。用讓人發顫的聲音輕喊，「霽月……」

然後？然後我不知道。因為我就維持這個尷尬的姿勢，睡著了。我真的熬夜熬到心血耗盡了。

我是被談話聲吵醒的。

身上蓋著徐道長的外套，頭還枕在他的頸窩，所以他說話的時候，聲音雖小，卻很清楚。

「……師兄，她是路祭時，帶著沈默力抗九千孤魂野鬼的那個小學妹？」客人的聲音清亮，似乎年紀不大，聽聲音是個開朗的少年。

「帶著沈默力抗沒錯，但驅除九千孤魂野鬼，是讓陳龘兄弟請下來的慈雨使者所為。」徐道長對外人說話都有些冷漠，沒想到對師弟也是這樣。

「……我聽夢魘說，師兄有了個相當厲害的心儀之人？」少年的聲音像是在忍笑。

「你跟眾生不要混得太熟。」我都可以想像徐道長皺眉的樣子了，「沒錯。」

「該不會，」少年還真的笑了，「該不會是我這個很厲害的小學妹吧？」

我開始擔心徐道長的回答了。他承認的話，不知道他們師門會不會說什麼，不承認……我會難過。

但我實在太小看徐道長那種拚過頭的偏執。「正是。就是她，我的小燕子。」

少年驚天動地的咳了起來，我想他是嗆到了。

我轉頭看他，他們才發現我醒了。我尷尬的爬下來，卻被徐道長抓回去膝蓋坐著。

「嗨，小燕子。」果然是個少年模樣的人，不過修道人的年紀真不好猜，「我是大妳六屆的學長……我叫做……」

「沒縮手。」闇玄日冷冷的站在門口，「金銀在前，絕不縮手。」

「哪有那麼難聽，梅碩博啦。」這位據說是我學長的少年笑得很大方，「小闇，別這樣講啊，妳對我的推薦函不滿意？一鳴驚人的沈默祕密結社呢！」

「你！」闇玄日臉孔扭曲，鬼火都冒出來，「……你連冥府都敢坑！而且我還被你坑得……」大約是殘存的自尊心冒出來，她掩面哭泣。

堂堂冥府使者，結果被污染得又宅又腐，難怪她會悲泣。

「……原來是你大賣推薦函！」我恍然大悟，「學長，你怎麼可以做這種事情……」

「我價格出得很高啊，以價制量嘛。」梅學長舉起雙手，「我哪知道冥府和昊領主願意出這種天價就買一張破紙……」

「沒縮手！你坑死我！」昊闇頂著懼怕，衝進來興師問罪，一時悲從中來，他也遮臉，和閻玄日一起哭得此起彼落。

「哇，」他一臉崇拜，「小學妹，我們沈默社團變得如此厲害啊？真沒想到……教個幾手吧？你們是怎麼降伏冥府使者和魔界領主的？」

我垂首，疲倦的嘆氣。

等梅學長知道真正的真相時，眼睛瞪得好大。

我正在羞愧，他卻滿臉欽佩的說，「……高！真是高招啊！兵不血刃而殺人於無形……果然術與道都是等閒，文化毒害才是王道啊～」

……你這樣說自己的學弟妹真的好嗎？而且兩個苦主還在眼前。

「師兄，」他有點擔心的回頭，「學妹是有天賦的。」

徐道長一口回絕，「她的天賦太不穩定，不適合修道，跟你這死要錢的道士不同。」

梅學長嘿嘿的笑，又轉愁容。「這單生意不做也罷，我也不想挨你的打……但我這樣回覆黧霞師姑……可以嗎？」

徐道長整個人都緊繃了，我抬頭看他，他卻堅定的望著梅學長，「就這麼回覆：小燕子是徐某的女人，我不答應。」

兩個苦主都不哭了。閻玄日扶頰臉紅，鬼火晃的一聲轉成赤豔，昊闇大叫一聲，用腦袋去撞牆，撞出一個洞，奪門而出。

……有些時候，我也希望他看一下場合和人的。我將臉深深的埋在掌心。

學長告辭以後，我問徐道長是什麼意思，他卻不告訴我，只說叫我不用擔心，他會擺平。

我想過要不要打破砂鍋問到底，但他又把眉皺起來，很憂心又很疼寵的看著我。我的確是個沒用的傢伙，被他這樣看，什麼都嘛好，何況只是個小問題？

但根據定律，就算我不問，「小問題」還是會自己找上門來。

我正在社辦算支出，準備上報申請補貼，小東小西鑼鼓喧天的唱RAP，三劍客正在教其他人跑團……桌上型角色扮演遊戲。我就知道這麼多，其他別問我。我哪有空管那個……我有一個「徐爸爸」在盯我功課，一個大到不行的校園要巡邏，現在還要做帳。

我只知道他們在爭辯角色設定，什麼炎之後裔，祖上跟火精靈怎麼發生關係，熱鬧得不得了，連昊誾那些跟班都認真的下去講了，「理論上是不可能的，可能是用憑依吧……」和三劍客辯個不亦樂乎。

疲勞的嘆口氣。三劍客可以說是我們社團元老，現在堂堂皇皇，三人同心的邁向大六，我想他們是打算念成醫學院。

他們還跟我同系，但他們要教我功課，我都客氣的謝絕了。我腦子就不太好使了，讓冥王星人教下去，我可能也得念到醫學院的程度。別說爸媽供不起，徐道長絕對饒不過我。

正囂鬧到薄海騰歡的地步，大門突然打開，所有的人都閉了嘴，除了閻玄日和昊闇，全體社員都躲在我後面發抖，連昊闇的跟班都有樣學樣。

領頭的是個中年美婦，飄逸出塵，但我心頭冒出來的卻是「滅絕師太」四個字。

其實人也是有氣味的。大部分的人小善微惡，氣味差不多都如水。大惡之人會有鬼臭，大善之人會有神香，邪僻又善惡不定的人會有龍涎，很好分辨。

但這群女人，味道卻是鋒利如刀的檀香。細微，但尖銳。我想應該是道門中人。

道門中人不見得五官端正，容貌出眾。但氣質都是一等一的好，飄然出塵。少有皺紋，面容光滑白皙……所以徐道長美貌度不及魔族，卻更讓人拜倒。

中年美婦看閻玄日的時候，還有少許尊敬，看昊闇卻有強烈敵意。「我等來尋沈默的鄭燕青。非沈默中人，且離了這門。」

話說得很客氣，語氣卻很傲慢。

我那無可救藥的護短性子又冒出來。「社辦之內，個個都是我沈默祕密結社的社員，沒有需要離開的。」我站出去，「我就是鄭燕青。」

她打量了我一會兒，眼神令人發毛，「鄭燕青，貧道名為蘂霞。」

……學長口中的師姑？那不也是徐道長的師姑？

「黛霞道長。」我客氣的彎腰。

她似乎很滿意，後面的跟班忙著搬椅子，非常大方的用我們的飲水機泡茶奉上。

「我來度妳超脫這萬苦紅塵。」

光這句話，鬼才要跟她超脫什麼紅塵。

「徐道長說，我不能修道。」我一口就回絕了。

「難道妳沒有自己的主張，什麼都要聽一個男人擺布麼？」她不高興了。

我猜她從來沒談過戀愛。不然就是談戀愛都被爛男人騙。我心底不禁有些同情，語氣就放軟了，「這是徐道長的專精科目，我又不懂這個。既然他說不好，那就照他說的就是了。」

她皺緊眉，臉色一沈。「妳小小年紀，就受如劍拐騙，那也就罷了。妳知道如劍有多少仇家？沒有一點本事，妳想枉送性命麼？」

我攤攤手，「我也有自己的本事。」

她短短笑了一聲，使了個眼色。她的跟班招呼也不打，揚掌就攻了過來。

「退後！」我厲聲警告我身後那群，開始懊悔沒先拿掃帚。

打壞了徐道長師門的師妹，實在很不好意思。

當然啦，她是徐道長的同門師妹，我還是很謹慎。過了幾招，我就放心了。

有幾分能力的眾生和人，都不免依賴能力，拳腳工夫不紮實。這位師妹的招數真是優雅好看，但又不是國際招式大會，誰管妳好不好看。

我爺爺就說，招式只是個基礎，打架就是要贏，懂得變通，只知道招式不如去學跳舞，還好看多了。我覺得我爺爺真的很睿智。

我想她們只是想讓我知道厲害，不是真的想打傷我，但覺得我只是個文靜的小女孩，那就錯了。只要她們別用法術，想打贏我？多練練吧，起碼要到徐道長那種苦功才行。

我根本不管她那些好看的招式，只踢了一只椅子過去她就手忙腳亂，三拳一腳，她就上牆了，輕鬆簡單。

她狼狽的爬起來，滿眼恚怒，抽出一道黃符。我趕緊蹲下去觸著地，還沒念咒，昊闇和閻玄日就發作了，他們滿嘴嗚哩嗚啦，就豎起一對環繞著黑蛇和鬼火的透明牆，蔚為奇觀，真可列入靈異事件簿。

這兩個超不對盤的人（？）同時怒吼，「想對我們艾瑪做什麼？」、「想對我的領主夫人做什麼？」

我覺得非常尷尬。

師妹還要上前，卻被黧霞道長喝住，「退下！丟人現眼。」那個師妹滿臉羞慚的後退。

人家都退了，我也不好意思。「夠了夠了，切磋而已，幹嘛呢？好了好了，嚇死人，社辦就這麼一間，打壞怎麼辦呢？三劍客，不要拍了！你們怎麼什麼都要拍啊？」連說帶勸，昊誾和閻玄日才心不甘情不願的收手。

黧霞道長的眼神有些改觀。「跟我學道有什麼不好？」她改用軟的，「雖說妳現在年輕，十年二十年，恐怕就老於如劍。自古英雄如美人，不許見白頭。而如劍修煉甚勤，天賦又高，妳就不怕他因色衰而愛弛？」

……現代人誰會這樣咬文嚼字，還是三劍客小聲解說我才聽懂。我大咳一聲，正色說，「滅絕師太……我是說黧霞道長。徐道長不會的啦，就算我臉上多個幾百道皺紋，他也是一樣的愛我。就算他現在毀容了，我也愛他如初。」

她輕蔑的笑了兩聲，「丫頭片子懂什麼呢？男人只知美色，修道者亦同！」眼中出現強烈的忿恨。

……真可憐，她一定遇到非常爛的男人，說不定劈腿劈到瑜伽大師的地步，足踏五、六十艘油輪。

「別人我不知道。」我說過，我腦子不太好使，「但徐道長我是知道的。他都快五十了，死心塌地只愛兩個人。妳想想看，平均二十五年才對兩個人動心！當中一個躲著他，但我可是撲上去的欸。反正他壽命應該比我長很多，大約要等我翹了，他才有辦法去愛別人。」

轉頭想了一下，「愛上這種死心眼的笨蛋還是有好處的。」

她冒火了，「我不能看著良材美質自毀前程！」霍然站起來了，「別以為冥府使者和魔界領主永遠都會在妳身邊待命！」

果然是滅絕師太。我舔了舔嘴脣，喉頭發渴。其實我還滿緊張的，徐道長的同門師姑。

「昊誾，闔玄日。」我小聲的警告，「別插手。插手就把你們踢出社團。」

「但是……」闔玄日急了，昊誾也發火，「需要怕這個老虔婆？」

「想想之後的魔界會議吧！現在是打架的時候嗎？」我揚高聲音，「她不會打壞我的，打壞了還有得收徒嗎？」

「擠兌我？」黧霞道長冷笑兩聲，攻了過來。

我避開她那招，她把鐵桌打穿個洞。厲害。這是真正的高手，不是修煉而已，還練了內功。我只見過我爺爺還有內功的。

我想啊，她愛上的男人不但非常爛、會劈腿、貪愛美色，還不常來找她。沒事幹就只好修煉和練武，真的好可憐。

躲著搶到掃帚。既然內力連人家的車尾燈都看不到，只好憑著爺爺教我的家傳棍術取勝了……

小輸為贏嘛。

本來一點信心也沒有，但一交手，我卻多了幾分把握。

滅絕師太……我是說黧霞道長應該很少跟人類交手，或者只跟高人交手，都是光明正大、地勢空曠處決鬥。而我呢，為了要實施鐵的紀律，常在二十四坪大的家裡追打弟弟，還不能打壞傢具，打架打得異常習慣。

控制力道其實比打傷人困難太多了，爺爺就說過收難放易，也誇獎過我收放自如。我又沒打算打贏，純屬守勢，磨久了，就會有破綻。而且我沒什麼內力，但棍術倒是練得還可以，居然讓我捱過十來招，異常驚險。

可惜那把不爭氣的掃帚斷了。

「接住！」葉勤學長叫，扔了把竹掃帚過來，正在逃命，我轉身接住，快速的攻向門面，她格掌擋開竹帚，我順勢將帚柄往她腳背頓下去，她飛腳踢帚柄，我甩了個棍花，跳起來直擊天靈蓋。

她身形一滑，正要踹中我的肚子時，我將竹帚在牆上一點，借力翻了過去。

真的很厲害。

汗緩緩的從我額上流下來，她擰緊眉，沈聲，「連我這樣儘讓，妳還打不贏，還想從如劍仇家手下逃得性命？」

「性命關頭自然會激發潛能。」我隨口胡謅，「滅絕師太……我是說黧霞道長，妳就不用替我擔心了。」

她冷笑，「是嗎？」

我幹嘛刺激她呢？心底真是一把後悔。她不再容讓，滾滾滔滔的逼了過來。還跟她過什麼招啊……逃命要緊啊！但她發瘋起來，根本不管屋小人多，我只好打倒她的兩個徒弟，奪門而出。

她勢若瘋虎衝過來，我只來得及一矮，可憐社外碗口大的樹就這麼無聲無息的斷了。

「別太囂張了！」昊闇大吼。

「不要讓我分心！」我尖叫。掃起一地的塵，逼她後退點。現在只是拳腳比試，昊闇和闍玄日跳下來……恐怕會鬧到法術的地步。

我不希望我們墳山學校來個強烈地震或地層下陷。

雖然我越打越氣，喵低啦，給我二十年，我打得她滿地找牙！可恨我就是太年輕了……

一打一逃到最後，她沒露出破綻，我卻生氣了。決定一拳決勝負，反正我也快沒力氣了。

但這拳沒讓我倒下……因為徐道長幫我接了下來。黧霞往後退了一步，徐道長卻退了七步，還撞到了我。

「師姑，弟子有禮。」徐道長抱拳，但聲音冰冷的沒有一點溫度。

「如劍，你本來和我性子最相投。」黧霞的聲音乾脆往冰點探底，「為何誘姦稚女？你怎敢厚顏替人決定前程？」

「小燕子，我誘姦妳嗎？」他轉頭問我。

我撲過去抱住他的腰，拚命搖頭。「是我想誘姦徐道長啦，只是最後一道防線我也不知道怎麼下手……」

黧霞大吼，「住口！」

「師姑，」徐道長冷冷的說，「小燕子的天賦非常不穩定，我想妳也看得出來。」

「她只要不動情就可以修煉。」黧霞更冷的說。

「不可能。」徐道長摸了摸我的頭，「小燕子是我的女人。我倆已交換真名。」

她先是愣住，眼中緩緩湧出傷痛。「……師父從來不肯告訴我他的真名。」

等等。她愛的那個非常爛、劈腿、貪好美色，又常擱著她不管的爛男人……該不會是她的師父，徐道長的師祖吧？怎麼跟我聽說的不一樣？我聽說那位偉大的師祖，只跟一個狐仙共修，非常專情。

「師祖一直對妳無意，師姑。」徐道長不知道是少根筋還是故意的，冷冰冰的說，「我也絕不會讓我的小燕子走上絕情的路。」

鰲霞用一記強悍的掌風代替了她的回答，徐道長硬接了下來。

打了一會兒，我越看越驚。徐道長完全是硬拚的，他們的功力實在相差太多。糟糕，她可能真的很容讓，我可能得練個六十年看能不能打痛她。

徐道長會輸的，他一直居於下風，只能勉強防守。滅絕師太對他毫不留情，終於把他一掌打得吐血了。

「徐道長！別打了！」我喊起來，「我……」

「等等，小燕子！」闇玄日拉住我，「我有辦法！」她把昊闇推到我身上，「抱住小燕子，快！」

昊闇莫名其妙的抱住我，我呆呆的看著闇玄日，不知道她在玩什麼花招。

「小徐！」她圈著嘴喊，「你看昊闇對小燕子……」

徐道長的臉，馬上變得鐵青。他要走過來，滅絕師太攔住他，他聲音整個都變了，「……走開。」

「今天我就要清理門戶！」滅絕師太揚起掌……卻被火焰擋住。

徐道長全身像是環繞著火焰，頭髮飄飛，「誰清理誰？」瀟灑如意的揮手，青紫的火焰絞擰如小龍，將滅絕師太撞飛起碼有二十公尺吧？她倒在地上，動也不動。

他就這樣怒氣沖沖的望過來。

「……祝融不是唾棄他嗎？」昊闇哀號，「怎麼又降乩了……救命啊～」轉身跑得一股煙似的。

「讓你先跑一個鐘頭也無妨。」徐道長獰笑兩聲，散步似的追在後面。

我趕緊衝過去抱住他的腰，吃力的拖住他。果然危急會激發潛能……但我不知道醋桶打翻，可以激發得如此徹底。

我像是拖著一隻力大無窮的蠻牛，非常累。等我大喊大叫了幾次昊闇是為了權宜才被閻玄日打鴨子上架，他總算是聽懂了。

原本站得直挺挺的，怒氣過去，他倒在我臂彎裡，昏了過去。

＊　＊　＊

這次我就沒阻止閻玄日的催眠術了。校園鬧鬼就很慘了，真的不需要蜀山劍俠傳來增添傳奇色彩。

不過徐道長這個直心腸的笨蛋，養了一個月的傷。據說滅絕師太的修為深不可測，為人又特別小氣。他這樣跟她對著槓，實在拚過頭了，若不是原本棄了他的祝融又大發慈悲降乩，他還不知道會傷到什麼地步。

「……真不行，我認她當師父就是了。」我整個發悶了，「何必這樣？」

「她那門的師徒連跟男人多說句話都不行。」徐道長神情疲憊，「妳又是個大笑大哭的人，怎麼可能絕情？我不要強扭妳的性子。」

他闔上眼睛，眼睛底下有淡淡的黑眼圈。「聽話，安靜一下，讓我靜養一會兒。」

「我先出去好了……」說著我就要爬下床，他卻把我抱回去，讓我趴在他胸口。

「這樣比較好。」他沒睜眼。

「這樣你能靜心嗎？」我發愁了。

「可以，我是柳下惠。」他露出一抹有些邪惡的笑，就入定了。

我趴在他胸口，聽著他很緩很緩的心跳。我真喜歡這個聲音。

等我在網路上看到「小龍女大戰滅絕師太」的影片，已經寒假了。三劍客居然把拍下來的帶子，配上蠢到非常扭曲的字幕，搭配一堆完全沒有的愛恨情仇，還把徐道長扯進來，順便廣告他們該殺的同人漫畫，放在網路上供人觀賞。

我把水都噴在螢幕上，叫我來看的大弟笑到在地上滾來滾去，其他的弟妹，有的捶牆，有的在揉肋骨，還有奄奄一息趴在桌上裝死的。

臉孔的麻漫緩緩的升上來。這三個該死的冥王星人。

雖然對人使用熟鐵棍不太好，但對付冥王星人，應該沒問題。去爺爺家的時候，記得跟他要一把。

之十二 寒假

寒假明明很短，但我卻覺得好長好長。明明我很高興到爺爺家過年，也很高興可以鬆鬆筋骨……

但看不到徐道長卻讓我出現嚴重的禁斷症候群，動不動就想磨磨牙齒，親個誰這樣。爺爺家養的老狗來喜就遭了大殃，天天被我狼吻。

「……阿燕，來喜的年紀大了。」爺爺嘆氣，「妳明明知道牠討厭這樣……」

但我環顧我五個白目的弟妹，和正在打情罵俏的爸媽……我發現我寧可親來喜。

「我想念我男朋友。」爺爺一直最疼我，我也最愛他，所以我很直言不諱。

明明他和隔壁街的老寡婦曖昧了二、三十年，爺爺居然噴茶給我看。「……男朋友?!阿燕妳才幾歲……」

「爺爺，我滿二十了！」我很不服氣。

他張著嘴，突然發起脾氣，「……我宰了那個渾小子！」

這個語氣……好熟啊。沒想到，我爸沒想宰徐道長，是我爺爺想宰他。我看著有些仙風道骨的爺爺，突然更悶了。

據說女兒都是爸爸前世的情人，所以交男朋友都會照老爸的型去找，沒想到我隔代大遺傳，照著爺爺的形象去找到徐道長。

「叫什麼名字？大幾？家裡是作什麼的？妳可不要去找到那種白面書生……因為他在我手下走不過一招！」爺爺罵到鬍子都在飄了。

「他不是白面書生，打得贏我哪！」我雖然腦子不好使，也知道不能報年紀。報了就真的死了……「他本來是我們社團老師，今年到學校當客座教授……」

哇塞，爺爺難得的鬥氣發動了。我都擔心他成了超級賽亞人。

「……堂堂一個教授書不好好教，誘拐我心愛的孫女?!我非把他碎屍萬段不可！你老爸是幹什麼吃的？武功不好好學，連外侮都擋不住……」他破口大罵，隨手打碎了一疊磚。

「老爸沒有反對！」我大聲了。

「混帳小子！他眼底只知道愛老婆啦！巴不得兒子女兒都讓人拐走……我養到這小

子真是家門不幸……」

爺爺這麼火大，我更不敢跟他講徐道長和我遙遠的年紀差距。

但千算萬算想不到，我正在絞盡腦汁讓爺爺接受徐道長的時候，他居然鬼使神差的來找我。

雖然事後後悔不已，但驟然看到他的衝擊真的太大。我完全沖昏頭了，一跳跳到他身上，像是八爪章魚一樣抱住他。

他緊緊的擁住我，輕笑著接受我在他臉上狂親不已。

等爺爺發了雷霆之怒，我才後悔莫及。

「不成體統！」隨著他暴怒的話語，熟鐵棍已經招呼過來了。

徐道長往後一跳，將我塞到身後，眉頭皺緊，上前邀掌相鬥。

「慢著！」我氣急敗壞的大叫，「那是我爺爺，別打壞啊！」

「誰打壞誰還不知道！混小子！」爺爺更火大了，嫻熟的迴棍砸打，把曬穀場的水泥砸了一個洞。

「爺爺你好。」徐道長意態悠閒的閃過這擊重手，還一面打招呼，「鄭伯父、鄭伯母好。」

……你年紀比我爸媽大，叫伯父伯母真的好嗎……？

過了幾招，爺爺將棍一頓。「誰准你叫爺爺？」他上下打量，眉頭越發擰緊，「道家？」

「靈寶派忠德堂門下，雲濤居士弟子徐如劍，見過西螺二崁鄭老爺子。」徐道長抱拳。

爺爺的氣稍微平了點。「難怪。雲濤的弟子果然有幾撇。但我武人未必輸於道家。」

「自然。殊途同歸，道武原有相通之處。內功與修為亦是貌殊而神同。」徐道長不知道是不是給我面子，非常恭敬。

咕噥了幾聲，爺爺惡聲，「你想要我這長孫女，可得靠手下功夫來奪！這可是我最貼心著肉的小寶貝兒，為了她，原本我這門不傳女的例子都為她破了！我一身武藝都教給了她……你說句要就端走?!若不是真心誠意，你早早離了我這門，省得白送了性命！」

「我絕無貳心。」徐道長心平氣和的抬頭看著爺爺，「小燕子已經知道我的真名了。」

我不知道這有什麼了不得的，但爺爺好像大受打擊。「……姓徐的小子，你師父是不是教得很差？」

「我師父人格有相當的缺陷，」徐道長撇了撇嘴，「但他真的把我教得還可以。」

爺爺沒好氣的扔把熟鐵棍給他，「你最好使上全力，與其讓我寶貝孫女嫁給軟腳蝦，不如我一棒打死！」

「爺爺！」我叫了起來，衝過去也拿把熟鐵棍，「別想！幹什麼打打殺殺……」

徐道長卻對我眨了眨眼睛，在我耳畔輕訴，「……霽月，妳信不過我麼……」

……該死的，我又中招。他把腿軟臉紅的我往我爸媽那兒一塞，躬身請招。

從小和爺爺學藝，我從來不知道爺爺算不算很厲害。我只知道他打架都贏，又很疼我，常誇我是「武學奇才」。但周星馳看多了，總覺得武學奇才這四個字屬於笑話大全，很不真實。

當然我的弟妹都學了一點，但我弟弟們都比較愛打電動，妹妹們立志當辣妹，真的認真學的，只有我。

雖然我也不懂，學得馬虎又稀鬆的兩個弟弟為什麼是空手道校隊，還打遍高中無敵手，只能歸咎於我實在把他們電得太慘，久病成良醫那種。

但看爺爺和徐道長過招，好像又不是那回事。

我爺爺都七十幾了，平常只覺得他很精神，看上去不過五十多歲的人。但一跟徐道長動上手，整個都年輕起來，氣勢威猛強烈，鬥氣十足，但又雍容大度，像是精於算計的圍棋高手，推算到好幾百步外，將徐道長的殺招封殺得十足十。

但徐道長卻也見招拆招，轉攻為守，雖略居下風，但還是一派悠閒，從容不迫，冷靜的像是一潭寒泉，看也知道他打算用耗的……畢竟爺爺年紀大了。

只是他算盤有些打錯，爺爺雖然年紀大了，但聽說內功練得不錯。有回他跟我打了三個鐘頭，最後是我氣喘不已的求饒，他老人家還氣定神閒。

看了一個多鐘頭，我爸媽打呵欠，弟弟開始把漫畫和瓜子拿出來，妹妹們在地上玩井字棋，只有我緊張兮兮的絞扭著手。

直到石破天驚的一擊，才吵醒打瞌睡的爸媽。斷掉的熟鐵棍砸在瓜子盒上，連瓜子帶石凳打個粉碎。

……熟鐵棍欸！你們兩個都一起打斷，這樣像話嗎?!

「看起來不分勝負啊，姓徐的小子。」爺爺冷冷的說。

「鄭老爺子高過徐某甚多。」徐道長抱拳，「是老爺子容情了。」

「哼哼，哼哼哼。」爺爺往他肩膀一拍，「雖然不甘願，但總不能讓阿燕去嫁軟腳蝦。也只能將就了……你若敢負阿燕……」爺爺將食指和拇指圈起來那麼粗的熟鐵棍，像是折甘蔗一樣折成兩段，「就如此棍。」

「徐某必不負心。」他倒是說得很自然啊。

我還在發愣，徐道長像是在聊天氣一樣，「那麼，我可以帶小燕子出遊幾天嗎？」

……啊？幾天？你想讓爺爺繼續剝你的皮嗎？

但我沒想到的是，爺爺想了一想，「你出家沒有？」

「徐某如我師，並未出家。」

「該帶的東西帶一帶，小孩子挺著個肚子念書不好看。」爺爺說。

「爺爺！」我大吼。

「我早就看開了，」爺爺發著牢騷，「妳老爸去拐妳媽的時候，大學都還沒畢業呢。什麼地方不好拐，偏選在妳媽的家裡，蠢到被抓到，還累及我！想我這輩子當了一世的好漢，居然要為了不肖兒子拐人家女兒上床去低頭，哪裡禁得住……」

「爸爸……爸爸！」換老爸吼了。

……我知道我爸媽很奔放，但沒想到奔放到這種地步。

在弟妹的竊笑，和臉紅的雙親之前，我被徐道長拎到車子裡面，很想找個地洞鑽下去。

「看到我不高興嗎？」徐道長神經很大條的問，「我實在……很想妳。」

我也很想你，但我不想念你超粗的神經。

正在考慮將來怎麼整治弟妹時，徐道長把車開到路邊，解開他自己的安全帶，也解開我的。

「怎麼了？」我探頭出去看看，路況良好，我也沒聞到什麼怪味啊。

但他從背後抱住我。「我真的很想妳，霽月……」他的氣息，在我耳際，真的很灼熱。

「……我也非常想你。」閉上眼睛，享受著他在頸畔若有似無的吻……

我們的車窗被用力敲了幾下，手電筒像是要刺瞎人似的往裡頭照。

「喂！」警察先生很不客氣的示意我們搖下車窗，「這裡不能停車！更不能……真的熬不住，就去那邊！」他指著不遠處的汽車旅館。評頭論足看著我，還摩挲下巴，滿臉邪笑。

我這才發現我整個肩膀都露出來了，趕緊穿回去。

徐道長的臉色鐵青的不能再鐵青，在他發作之前，我趕緊把他綁在安全帶上，也繫上我自己的，連聲道歉。

「……快開車，快啊！」我低聲催促。

他深深吸口氣，一傢伙把油門踩到底，呼嘯而去。

「他敢再這樣看著妳，」剛剛柔情蜜意的情郎，現在成了大怒神，「我會讓他後悔長了眼珠這種東西。」

「………」

哄了半天，他才好一點，笑著問我寒假好不好玩。其實才分別半個多月，不知道哪來那麼多話好講。

等我報完流水帳，我問他寒假過得如何。

「還不錯，只有兩個仇家來尋仇。他們都還活著。」他想了一下，「老奎的傷重一點。」

……真是不尋常的寒假生活。「多重？」

他含蓄的說，「斷了背梁骨……將養個三、五年就活蹦亂跳了。」

……很好，背梁骨。為什麼我會喜歡這種結仇無數，得罪遍了眾生和人類的暴力分子呢？

中途經過一家7-11，他煞車，考慮了一會兒，倒車到7-11門口。

「你要買什麼？」我跟著他下車，進入7-11。

「必需品。」他想了想，「妳看想吃什麼，先逛逛吧。」

我去拿了兩罐無糖的茶，發現他對著某個架子在沈思。走到他身邊，他拿起兩個盒子問，「妳覺得哪一種的比較好？」

一時之間，我還沒認出來。只看到當中一個上面畫了個兔子。等我認出來時……我猜我的臉孔可以煎蛋了。

那是，那是……「小雨衣」。這種東西你問我怎麼對?!我從來沒用過啊!!

「我不知道!」我真的想就地打洞。

「對喔，」他搔了搔頭，「但我也很久沒買這種東西了……十年有了嗎?但既然鄭老爺子都說了……」

我趕緊打斷他，「……我去外面等你。」因為店員憋了一臉的笑，正在掐大腿。

為什麼他的神經線老這麼沒接好……這種東西你自己買就好了!還問我?!

呃……雖然我試圖推倒過他，總是沒有成功。這次他決定要親身「教學」了嗎?真沒想到，我居然一整個害羞起來，低著頭，只覺得腦袋成了一袋棉花。

「怎麼不講話呀?」徐道長發動車子，「寒假有念書嗎?妳的證券市場和會計學真的很弱，要趁寒假趕上啊，不要以為寒假就可以把書本丟開。這期的商業周刊妳有沒有在看?我規定妳每期都要看的，這期的看了沒有……?」

……這位先生，你跳tone真的跳很大。你是不是雙重人格啊?上一刻還在想「小雨衣」的問題，現在跳到商業周刊和我的會計學?

發現我寒假就把如讎寇的課本扔到天不吐去，他拉長了臉，狠狠地教訓了我一頓，我又頂嘴，什麼尷尬都不見了，還談臉紅。

等沿著產業道路開到南投山裡的一處半山腰，我們還沒吵完。

「……總之，念書就是學生的本分！本分是不放寒假的！」他一面念一面開門，並且打開燈。

我忘記頂嘴，微張著口，看著這個超級可愛的小木屋。

木屋下層是客廳和小廚房、浴室。浴室很大，用小塊瓷磚拼貼成一大朵太陽花，花心就是圓形的大浴缸。對著群山，有著大片玻璃可以邊洗澡邊賞景。

爬上木梯是很大的床，床架很矮，有點像是木棧板，棉被蓬鬆。兩面開窗，花木扶疏，不知名的鳥兒在窗外婉轉嬌啼。

「……太漂亮了。」我目瞪口呆的望著向晚的彩霞，和染了淡淡紅光的山嵐碧翠。

「這是我師父的產業。」徐道長站在我身旁，指著不遠處的一截小屋頂，「我那師父離了女人就會死，完全不管我的抗議。每次他帶女人回家，我就去那個樹屋避難。本來樓下有個我的房間，但我改成儲藏室了……」

「……那我去樹屋睡嗎？」我不敢看他。

「妳幹嘛突然害羞？」他笑起來，「以前在學校，妳不是也硬擠上來睡午覺？」

「……那時我主動啊。」我相信我的臉孔跟辣椒差不多紅了。

「好啊，」他把7-11的袋子放在床頭櫃，很大方的一躺，「我主動有威逼的嫌疑嘛，妳來。」

我陷入天人交戰中。

他意外這麼大方，害我反而害羞起來。

但徐道長露出熟悉的邪惡笑容，「霽月……妳不想我？」

……又來這招。我的理智立刻丟兵棄甲，撲了上去。他笑個不停，「怎麼在一起這麼久……妳還是用舔的？一點進步都沒有？別舔我的臉了，妳小狗嗎？」

他緊緊的把我抱個滿懷，「……沒想到我會這麼想一個人。」

靠著他的頸窩，我突然熱淚盈眶。不是我一個人想個沒完，他也是。其實……我沒很想撲倒他，我最最需要的，是被他緊緊的抱著。

被他疼寵憐愛，同時也好愛他這樣。就覺得心很滿、很滿。

或許是因為分離了一段時間，所以徐道長也回應的比較熱烈。這次我就沒有笑了，閉著眼睛，覺得他在頸上的吻，讓我的心也小小的顫抖……整個人也在顫抖……

天花板的吊燈也在顫抖。

咦？吊燈？

所謂反應比意念快，我反射性的抱住徐道長的脖子，方便他抱著我跳開。玻璃破裂，我們的床單燒了起來。

「嘖，牛鼻子，你連陷於情欲的時候都充滿警戒嗎？」滿頭紅髮的男子很遺憾的搖搖頭，拍了拍身上的玻璃碎屑。「我是不是太心急？」

「老哥，就說叫你等一等，誰讓你看得上火？」另一個滿頭紅髮的女子踏了進來，也跟著搖搖頭。

「我交不到女朋友，他還好意思吃幼齒的?!」紅髮男子吼了起來。

「你們是要尋仇，還是要拌嘴？」徐道長不耐煩了，「我很忙。」他拍了拍我的頭，「壞人姻緣如殺人父母。」

「喔吼吼吼吼！」紅髮男子的手成了一團火爪，逼向徐道長，「去死去死！」

徐道長手下不停，「小燕子，掃帚在樓下。」

我翻身跳下去，紅髮女子甜甜的一笑，不知道哪裡變出火鞭，「小徐，你的弱點我可拜領了……」

但她的火鞭纏在竹掃帚上，反而像是被冰水澆了，吱吱發響。

這個手感、重量、長短，真是太適合我了啊！尤其是揮舞的時候發出寒氣……我只想大喊一聲：

好掃帚！

「別打壞他們！」徐道長在樓上叫，「這仇……是我的不是。」

「你也知道是你的不是！」紅髮男子赤了眼，「還我娘的命來！」

「那讓你娘吃掉的那些人，誰還他們的命來呢？」徐道長反問。

「那我小妹怎麼說？」紅髮男子更悲恨，「她可沒吃人！」

「這的確是我不是。」徐道長將他震退，跌到樓下，「所以任你們尋仇也沒殺你們。」

男子狼狽的從木牆中把頭拔出來，他們這對紅髮兄妹一起對我夾擊，我大退一步，甩起棍花，剛好一邊打一個，徐道長也跳了下來，加入戰團。

乒乒乓乓的打了大半夜，這對據說是火鼠精的妖怪兄妹著實不濟，連我都不怎麼打得過。要不是徐道長吩咐不要打壞，可能早就打死了。

但他們實在太煩，我一時力道控制不住，纏棍而後拗，槓桿作用下，火鼠哥哥的手臂就發出清脆的折斷聲，又反應過快的一柄窩心，把火鼠妹妹撞飛，小木屋撞出一個人形洞。

火鼠哥哥抱著斷臂，衝出去扛著火鼠妹妹逃了。我看著人形洞，不知道怎麼辦才好。

徐道長看了看火鼠哥哥腦袋撞出來的圓洞，和火鼠妹妹撞出來的人形洞，納悶起來。「我一直以為我已經太暴力了。」

「……一時控制不住。」我把頭別開。

他無奈的搖頭，喃喃的念咒，居然把撞穿的洞補了起來。「暫時的。明天要找人來修理。」

我垂頭喪氣的跟在後面，「對不起。」

「也是我不好。」他溫和的說，「我想妳該有點東西防身，所以請人尋了千年寒竹來製成掃帚。順手嗎？」

……順手是很順手。但你送我掃帚會不會有點……？好歹也送個好看點的兵器吧？

跨過一室狼藉，他像是很習慣的將燒焦的被單拖了下來，我才看到床墊貼著符，難怪沒有波及到。

俐落的抱出乾淨的床單和棉被，他不但鋪好了床，還把枕頭拍鬆。

「流了一身汗，妳要先洗還是我要先洗？或者……」他又露出那種有點可怕的笑。

「你先！」我趕緊打斷他的話。可憐我激烈運動了半個晚上，萬一被過度的美色刺激，搞不好會暴斃。

「好吧。」他親了我一下，「等等我們再繼續。」就走去浴室了。

……超害羞的。累了半夜，我躺在床上，心底緊張得要死。但是……我忘了一件很重要的事情。

我的腦袋只要沾到枕頭，數到十就會自動切換成睡眠模式。

天亮的時候，徐道長闔目穩睡，而我趴在他的胸口睡到流口水，卻一事無成。

我該覺得慶幸，還是可惜呢？我心底真的很複雜。

你不用指望在徐道長那兒得到什麼早安吻。沒有刷牙洗臉之前，連早飯都不肯給我做，何況早安吻？想都別想。

他先梳洗完，就催我去洗澡。等我頭髮滴水的出來，他已經作好簡單的早餐了。真的不要太指望他，蔬菜沙拉配白飯的人，會殘存多少味覺？所以桌上只有超簡單的荷包蛋和土司，他還貼心的給我一罐自由女神牌草莓果醬。

這個時候我才感覺到他的確是中老年人……自由女神。

不過他親手調配的果菜汁驚人的好喝，奧妙極了，我喝了兩大杯。

「頭髮也不先擦乾，就忙著吃。」他搖頭。

「餓了嘛。」我抗議，昨天半夜狠狠地運動了一場，還把兩個妖怪兄妹打跑，我非常需要熱量。

在他嚴厲的管教下，吃過飯還得刷牙，等我刷完牙出來，他已經洗好盤子杯子，收好餐桌了。

我感動得非常厲害。

這輩子我都在大吼大叫的照顧別人，老爸老媽每天早上都鐵青著臉咬著土司衝出大門，五個弟妹活像是餓死鬼，而餓死鬼公車都趕不太上，何況洗碗盤。我打小就忙著照顧一家大小，幾時讓人照顧得這麼周全？不用煮飯也不用洗碗。

「……你會把我寵壞。」我咕噥著。

「這樣就寵壞？妳以前過著怎樣的日子？」他輕笑，拿著大浴巾對我招手，「過來，我幫妳擦乾頭髮。」

我坐在小圓凳上，他坐在沙發，輕輕拍乾我的頭髮。

「頭髮這麼軟，脾氣這麼壞。」他的聲音在我頭頂飄。

「頭髮軟，但眉毛又濃密又硬啊。」我閉上眼睛，享受他長長的指頭在我髮間，輕輕拍乾我的頭髮。陽光斜斜的照進來，暖暖的。

他輕輕的吻我的臉，雖然一室狼藉，我很想打掃，但我想還是以後再說吧……

該殺的門鈴卻響了起來。

「有人在嗎？」門外響起一把大嗓門，「是你們傳真叫木工的嗎？」

我無言的看著徐道長，他摸摸鼻子，「……是我叫的。」

在他們談論要修理哪些部分時，我悶悶的拿了衣服去浴室換。畢竟穿著老爸的舊襯衫在外人面前晃，徐道長一副要殺人的樣子。

他們要整修，家裡當然待不住，徐道長說要帶我去看看他以前住的小樹屋。

他的小樹屋居然沒有梯子，他抱著我，輕輕鬆鬆的跳上一樓高的樹屋。我大吃一驚。

「妳不會嗎？」他也驚訝，「這不是道學，而是很初級的輕功，梯雲縱。」

……現代人誰會輕功啊？先生，你開玩笑？

但實在太好玩了，我纏著他教我。結果發現原理很簡單，以前踩椿只覺得是基本功，沒想到是輕功的基本工夫。稍微指點，我摔了幾次就會了，拿這來爬樹真是輕而易舉，雖然不像他那樣草上飛，但拿來越過障礙和爬到樹梢，是一點問題也沒有。

他見我學得快，順便指點了我幾個內功心法學不透的部分，還告訴我，武學到極致，又持正氣，邪魔不能侵，法術不能擾，和道學頗有相類之處。只是道學還致力於長生不老，壽命長些、駐容有術罷了。

「……騙人！」學武還兼驅鬼，還有這麼好的事情？

「妳不覺得在鄭老爺子的家裡，意外的乾淨嗎？」徐道長聳肩。

……他不說我還沒想到。我爺爺家是一點怪味也沒有的。別說他的家裡，方圓二、三十里內，一點事情也沒有。據說他還劈殺過一隻魔神仔，但他堅持是匪人裝神弄鬼，從來不承認。

「甚至，妳能夠毆打許多異類……妳自己都不奇怪？」他笑了起來，「妳年紀還太小，給妳二、三十年苦功……說不定黧霞師姑都鬧頭疼。」

「你頭不頭疼呢？」我抱著他的胳臂。

「我現在就頭疼的緊。」他拉長臉，「學武不厭煩不厭苦，念點書就要妳命！妳是怎麼考上大學的？」

說起來也真是奇蹟。我咬著食指苦思起來。其實我真不愛念書，只是父母期望，不得不念吧。國中數學老師就差點被我氣到中風，我為了一題證明題，解了兩個鐘頭，寧可數學抱鴨蛋，就是要解出來。那道證明題我寫了兩大張紙呢。

徐道長滿臉憐愛的用力弄亂我的頭髮，「但我很喜歡這種頭疼。」

我真喜歡他。好喜歡好喜歡。

整個白天，就在練功、比劃，滿山跑來跑去，還去溪邊抓蝦子度過了。他真擅長野外求生，我們拔了好多山蘇和過貓，他還嚴整的用山芋葉包得整整齊齊的。

等回家的時候，我全身髒兮兮的，他身上的黑衣卻一塵不染，讓我歎為觀止。

我跟他說，晚飯等我洗完澡就來作，他想了想，「那我出去設點防護，省得再來不速之客。」

呃……也對啦，老是被打擾也……不太好。

我快快的淋浴就出來煮飯。我想啊……若是下半生要跟他一起度過，可能一輩子都是蛋奶素了。當然我要吃肉也行，他也不在乎鍋子裡是否預先煮過葷食。

但總要配合他的飲食習慣吧？

似乎也沒什麼不好。

從廚房的窗戶望出去，向晚漸昏的天色，他看起來卻分外明亮。

我有他這個「葷食」就太多了。

＊　＊　＊

煮飯吃飯洗碗，就是很家居的生活。但我洗碗的時候他在旁邊擦碗，仔細的排列碗盤，跟我大手大腳的粗魯不同。

我們處得很好，說不定就是彼此很包容的關係。我大而化之又性急，他愛潔又規矩。但我很欣賞他的嚴謹，他包容我的求快。他囉唆我的事情一定是我可以做到卻馬虎的地方，除非攸關性命，不然我也不會念他。

最要緊的是，我們都是直心腸的笨蛋。

吃過飯，我們就像在學校裡一樣，我坐在他膝蓋上，他圈著我，天南地北的胡聊。他心不在焉的聽我講爺爺的事情，用鼻子輕輕摩挲我的脖子。

「小燕子的皮膚真好。」他輕輕說。

等我清醒的時候，難得的，徐道長壓在我身上，而房門大開。一個眼睛微紅的俊俏男子挑高了眉，津津有味的蹲在我們旁邊看。

「繼續繼續，當我不存在。」那男子的風流鳳眼，很促狹的彎成兩個弦月。

「……出去。」徐道長的臉孔漸漸鐵青，「現在我很忙。」

「我看得出來。」男子笑咪咪的，「所以請你繼續呀，小姐好可愛唷……小徐，我真為你高興。」

徐道長狠狠地把我前襟拉攏，臉色黑得跟包公一樣。「……我不該把結界放得那麼鬆弛。」

「我也是解個半天才進得來。」男子承認，「很辛苦的。」

「赤眼狐郎，你到底是來幹嘛的?!」徐道長對他吼起來。

「躲雷災啊，還能幹嘛？」他話才說完，馬上當空劈了個大雷下來，「我來討人情的，你總不能把我踢出去吧？」

「欠你人情的是我師父！」徐道長暴跳了。

「正確的說，是你師祖。」赤眼狐郎攤攤手，雷劈的更凶，「當初他答應保我一命，結果早早的葛屁。我不來找你這徒孫討，難道跑去陰曹地府喊冤？」

「……不是你欠了太多情債愛孽，會這麼早早的報應嗎?!」徐道長額角的青筋都在跳動。

「太有魅力也不是我的錯呀。」狐郎很厚臉皮的說。

……赤眼狐郎？我是聽說過師祖的共修是個狐仙，赤眼狐一家的……慢著，我看到狐狸精了嗎？還是個男的狐狸精欸！

當然很俊俏啦……但這年代偽娘當道，漂亮男孩哪裡沒有？但他多了三分風流外，真是氣味藏得點滴不露，我居然完全沒發現。

「你幹嘛不去找梅碩博？」徐道長對他瞪眼睛，「為什麼偏偏跑來……」

「壞你好事？」狐郎搖頭，「嘖嘖，你知道小梅開口就是錢，什麼祖上遺訓他才不管，哪像你這笨蛋會扛起來。」他大剌剌的往沙發一坐，「小姑娘頗討人愛，叫什麼名字？」

他居然朝我拋媚眼。但奇怪這樣輕薄，他卻自然不做作，讓人討厭不起來。

「……你繼續勾引徐某的女人好了。」徐道長聲音直接進了冰窖，「你以為只有天雷打得死你？」

「我不敢我不敢！」他舉手討饒，輕輕的打自己耳光，「這眼睛真不好，該打，該打！」

徐道長悶氣了一會兒，打開櫥櫃取了幾瓶酒出來。但他們喝皇家禮炮，我只能喝梅酒。

我抗議，他卻冷冷的說，「小孩子喝什麼皇家禮炮？」

「剛有人對小孩子上下其手呢。」狐郎涼涼的說，害我嗆到。

「狐郎，你是不是活得太長，覺得人生無趣？」徐道長折了折指節。

但狐郎這樣輕薄，卻很難讓人討厭他、對他生氣。他談吐詼諧幽默，妙趣橫生，把徐道長都逗笑了，我更笑痛了肚子。

窗外風雨大作、雷霆閃爍，但屋內倒是開同樂會似的。

但我酒量本來就不怎麼樣，幾杯梅酒就睏倦思睡，徐道長把我拎上樓。

「你們自便啊。」狐郎在下面邪笑，「請當我不存在。」

徐道長發了道符過去，狐郎半真半假的驚叫。

「先睡吧。」徐道長吻了吻我的額頭，幫我把棉被掖緊，「這囉唆傢伙要等天雷過去。」

我睏倦的點了點頭，抱著他的脖子，響響的親了一下，幾乎是馬上睡著了。

半夜我揉著眼睛，想去洗手間，下樓梯的時候一腳踏空，一路跌到樓梯底。

「小燕子！」徐道長趕緊把我扶起來，「跌疼了嗎？」

疼不是很疼，但很丟臉。「……我要去洗手間。」

他牽著我過去，開燈，還幫我關上門。我半打瞌睡的上完廁所，出來的時候還在揉眼睛。

徐道長乾脆把我抱上樓，揉了我頭髮，看我閉上眼，他就下去了。

「沒想到你這死硬石頭也有疼愛人的時候。」狐郎調侃的說。

「我又不是你這浪蕩子。」徐道長冷冷的說。

「小徐，你真變了很多。若是二十年前，不等天雷打死我，你就先把我給宰了。」

「……我從小就讓異類追殺。」徐道長笑了一下，「這種適合採捕的體質……只是眾生眼中的美食而已。就這麼從小戰鬥到大，沒半個人可以擋在我前面……你說，我要怎麼跟眾生和善？」

黑暗中，我睜開了眼睛，豎起耳朵。

「那是不公平的呀。」狐郎抱怨，「去找你麻煩的是壞的眾生，結果你長大起來有能力，不管好壞都一起滅了。瞧瞧，現在多少仇家恨得你牙癢癢的，這都是不該結的呀。」

「那也沒辦法。」徐道長無奈的笑，「之前的惡因，我現在就要承受惡果。」

「……你這十五年來，沒再殺生過了。」狐郎嚴肅起來，「你這也矯枉過正。眾生讓人類染得深了，有些異常執著。有些時候必要痛下殺手……」

「狐郎，」徐道長打斷他，聲音很溫和，「你我交情不深，其族各異，你別擔這個心。」

「你這死腦筋的孩子，」狐郎罵了，「我姊姊和無妄一起的時候，你還不知道在哪呢。無妄指點過我，我們算半個師門姻親。我怎樣照顧雲濤，就怎麼看待你。更何況雲濤撒手了，你還剩誰呢？師門裡頭，你有幾個相親？你這性子……來來去去總是愛上不該愛的人。」

「是呀，不是愛上男人，就是愛上能當我女兒的孩子。」他的聲音更溫柔，卻感傷。

「你這樣正經八百、除惡務盡的性子，一定很煎熬吧？」狐郎的聲音接近憐憫了。

揪著棉被，我的心高高的提了起來。我說過我腦子不好使，但我的確有點知覺。

「非常煎熬。」徐道長輕輕嘆口氣，「不說對師兄的情意煎熬，我對小燕子，也萬分對不起。她跟我一起……著實委屈。」

我才沒有覺得委屈哪！我在心底大叫，卻不敢出聲。

「但我無法鬆手。」徐道長苦笑，「只是……要跨越父女般的情感，對我來說，的確很困難。」

「你別跟我說你沒吃了她吧？」狐郎嚷起來，「我記得你們的青春都還長啊！你若不行了，我家老姊可是做媚藥的專家……」

「小聲點！小燕子在睡覺！」徐道長吼了起來。

……你們的聲音比屋外的雷還大。

「不是那種問題。」徐道長的聲音難堪起來，「是她實在……還太小。每次看到她咬著食指尖端，就覺得她好可愛、好稚弱……實在沒辦法下手。」

……我要把食指剁掉。

「拜託！」狐郎很受不了。「她超過二十了吧？還小哩！下不了手把她拐來孤男寡女幹嘛?」

好一會兒,徐道長都沒講話。「……我想把她留在我身邊。」

狐郎爆出驚人的高笑,還聽到他拍桌拍得震天響。「小徐……你怎麼這麼可愛!你師父有知也會笑死……哈哈哈~哇哈哈~你這麼正經八百的人……是怎麼下定決心搞這招的?哈哈哈哈~」

「……你想我在你身上裝根避雷針,然後推出去讓九雷打死,就儘管笑!」

雖然我也臉紅得厲害,但我也偷偷笑了起來。

等狐郎走了,我很嚴肅的和徐道長長談。

「我們順其自然好了,其實我……也沒那麼想推倒你。」下意識的,我又咬著食指。

他倒抽一口氣,整個臉都蒼白了。

原來我對他這麼重要啊。

「我絕對不會去喜歡別人,因為我很不容易喜歡人。」我訥訥的食指對碰,「但我覺得……會、會渴求那回事,是因為太擔心、太害怕失去,才試圖用那個填滿吧?我對現在……很滿意，只要跟你一起……」文藝腔真的很困難，為什麼偶像劇的主角們這麼輕而易舉？

「我的心，一直很滿很滿。一點缺憾都沒有。」終於在我羞愧而死之前說完了。

他輕輕的俯身抱住我，像是呵護什麼易碎的珍寶，而不是個暴力分子。

「神獄……」我小聲的在他耳邊呢喃，他很輕很輕的笑起來。

事情就是這樣。我也不想為了什麼推不推倒搞得很不自然，反正時間到了就會水到渠成，等徐道長克服心理障礙再說吧。

本來很想多住幾天，但爺爺打電話來罵人，「姓徐的小子，你是想蹂躪我寶貝孫女幾天？還不送回來?!」

我們只好乖乖打道回府了。

但是正準備回家的時候，我那些無良社員打手機問我幾時回學校，剛好徐道長問是誰。

他們聽到徐道長的聲音整個興奮過度，聲音大到連徐道長都聽到。「找我？」他二話不說就把我的手機搶走。

「是呀，我在小燕子旁邊。我們還在南投……玩了四天啊……當然是一個房間啦。」

「不～」我慘叫著要搶回手機。

徐道長卻一面跟我格鬥，一面笑著，「關係？我以為我說過了……我們在交往啊。」

「天啊～」我尖叫了。

「我想，以後沒有人類敢打妳主意吧。」他泰然自若的把手機還我。

我不敢回學校了。

更不敢想像他們會把短短的這幾句話，畫成什麼樣子。為什麼我會愛上這樣心機又腹黑的男人？

為什麼？

抱著腦袋，我頭痛極了。

之十三 玫瑰刺

我翻身，枕畔卻沒有人。

張開眼睛，徐道長應該剛起來，正在仰頭灌水。大概是很渴吧，所以喝得急了一點，水滴沿著他形狀優美的下巴滴到厚實的胸膛，襯衫的釦子全開……

他的身材真是好，肌肉精壯而不外顯，腰線根本就引人犯罪，氣質又飄逸沈穩。平常他嚴肅而一絲不苟，總是穿得整整齊齊。現在剛睡醒，眼神朦朧，頭髮凌亂，顯得不拘而放蕩，又年輕好幾歲。

幸好他不易動心，不然天下的男人都得回家吃自己了。真的不能怪我對他如此垂涎，實在是他的美色只展現在我眼前。

我難得看到他如此衣衫不整的站在我面前，一整個好吃極了。

看他開始扣釦子，我立刻飛撲過去，從後背抱住他，很不安分的上下其手。

「……妳在幹嘛？」他一整個好笑起來。

「輕薄你啊。」他扣一顆我就解一顆。

「妳午覺睡昏了唷？」他放棄整理服裝儀容，「我要去梳洗。」

但我不肯放手，他就拖著我，到浴室刷牙洗臉，我趴在他背上，心滿意足的閉上眼睛。

雖然說，最後一關總是跨不過去。但我們決定放下順其自然以後，我倒是更開心了。現在午覺都要跟他擠在單人床上睡，最喜歡把他的襯衫都解開，朝著他美好的身體不斷流口水。

他倒是沒生氣過，縱容我這樣親暱。當然，晚上念書的時候沒少罵過半句。

「怎麼辦？我覺得我快被美色溺死了。」我趴在他背上說。

他在笑，聲音透過身體的共鳴，聽起來更渾厚悅耳。「小燕子，妳真睡昏了。」

徐道長把我抓到前面，「去梳洗，妳也該上課了。」

我還想掙扎，「我下午沒課！」

「我有。」他不由分說的關上浴室的門。

悶悶的拿起他幫我準備的牙刷。他很愛潔，什麼都弄得整整齊齊。我草草梳洗，愉快的午睡時光就這麼過去了。

等我出去，他已經衣裝筆挺，頭髮也紮起來了。

「還有好幾個小時才會看到你欸。」我抱怨。

他笑，突然抓著我的臉，給了我一個頗具深度的吻。然後在我耳畔輕輕的說，「霽月，夠妳熬過那幾個小時嗎？」

一鬆開我，我反而踉蹌了一下，緊緊抱住他的胳臂。「夠是夠了……但我腿軟了。」

他笑個不停，把我帶去社辦，對我眨了隻眼睛，這才去上課。

我覺得我生病了。

我真的病得很重，對什麼都興趣缺缺，只想跟在徐道長後面轉。但這樣實在太花痴又緊迫盯人，總要給人家自己的空間嘛。

開學以來，我就一直這麼渾渾噩噩的，徐道長送我的「好掃帚」，到現在還沒開封過，斜倚在社辦的角落。

不管其他人怎麼吵怎麼鬧，我都視若無睹。

我們社辦又更擠了。

一個寒假而已，他們那群放假百無聊賴的轉學生，聽說學人類過了個年。但新春特別節目真是特別難看，昊闇在嘖有煩言的轉學生面前，放了他不知道哪兒弄來的「黑執事」動畫。

然後？哪有什麼然後？昊闇的身分突然水漲船高，轉學生都爭著巴結他，就希望可以入社。幾乎一網打盡，連嚇得要死的夢魘大人都硬著頭皮蹭進社辦，對著宅配到腐的無上精神三呼萬歲。

……魔界的生活比我想像的還枯寂無聊好幾萬倍，僅有的娛樂就是打打殺殺和血淋淋的吃飯。

這樣純潔無邪（？）的轉學生，淪陷墮落的速度真是可怕的快速。

但我才不在乎他們在做啥。甚至他們偷畫的什麼激情祕戀特別篇被我翻出來，我看著幾乎完稿的原稿……

「你們……」我指著原稿。

老社員嚇得貼在牆上，轉學生也大半抖衣而顫。

我指著原稿，「你們忽略了最重要的重點，所以不對。」我比著眉心，「徐道長這兒有道性感的怒紋。」

把原稿遞給葉勤學長，我悶悶的回到位置上，繼續發呆。

我根本不覺得有什麼問題，但他們跑去當作很有一回事的跟徐道長講。

但那天晚上徐道長沒有罵我，只是若有所思的看著我，「小燕子，妳有心事嗎？葉勤他們緊張死了，跑來跟我講妳無精打采。」

「……我想是生病了。」

他幫我把脈，摸額頭，看眼睛和舌頭。「……看起來很健康啊。」

「我……我……」我訥訥的，把臉埋在掌心，「我心底都是你，什麼事情都不想做。」

我聽到他在深呼吸，悶悶的抬頭，他果然在忍笑。唉……好丟臉。

「走吧。」他穿上外套，「我們去喝茶。」

……啊？

他開車去附近的茶藝館，真有人不怕死，在這種墳山也敢開。我不懂這種東西，是他親自執壺泡茶。我痴痴的看，覺得自己真是神經病。他的舉手投足，在我眼中都有詩意。

他做什麼事情都很認真，不像我一味求快，不耐煩。連泡一壺茶，他都仔細優雅……這就是情人眼底出西施嗎？

我偶爾轉頭，突然發現不是那麼回事。隔壁桌的女生只顧看徐道長，把茶都倒到桌子上了。

……原諒她好了。我對女生都比較寬容。

「來。」他把茶放在我面前，「品香杯就省了吧，妳性子急。」

我端過來想喝，燙得眼淚直流，「好……好燙！」

「就是要這麼燙，妳才會慢慢喝啊。」他端起杯子，「先聞聞茶的芳香，感受一下茶湯溫暖的色澤，然後輕啜一口。」他鼓勵我，「試試看。」

茶，不就是茶？還有這麼多花樣……

我深深吸了一口氣……咦？茶，原來這麼香啊？像是清晨的薄霧、春天的雨滴，那種氤氳縹緲的氣息，繚繞在茶香中。

因香而愛慕蕩漾的茶湯，我小心的啜了一口……初味就是茶而已，但漸漸繚繞，回甘，淡然而回味無窮。

「如何？」他微微挑眉。

「……說不出來的好。」我訝異了。

「我看妳連喝酒都牛飲，大約沒有仔細品嘗過飲茗之妙吧。」支著頤，他淡淡的笑，「小燕子，其實，我心底也都充滿了妳。」

我一把握緊了燙得要命的茶杯，覺得臉孔轟的一聲。

他泰然的轉著茶杯，「但我……不想牛飲。我想像品茗一樣，戀其香而愛其色，一點一點的細心品嘗。所以我該做的事情就認真去做，只讓妳的影子如回甘般繚繞。」

我仔細想了想，突然有點沮喪。「……我覺得我好幼稚。」

他輕笑一聲，放下茶杯，靠著我坐。伸手撫摸我的頭髮，「妳已經比我當年成熟很多了，而且我都這個年紀了，當然想得明白。」

他親吻我的髮際，說要離席一下。我想是要去洗手間吧。

我還在思索他的話，突然覺得我們距離好遙遠。他那麼成熟自制，我卻幼稚衝動。

將來他說不定會嫌棄我……

「喂！噓噓，小燕子！」我轉頭四望，窗外一隻手不斷的招。我瞪大眼睛，然後揉了揉。

……那不是預計要拼圖二、三十年的何以風嗎？

「你拼完了？」我張大了嘴。

「噓～」何以風得意的笑，臉孔還有裂痕，「對妳的愛就是最好的激勵啊～雖然不完全，但總算有點形狀了。小燕子，我真的好想妳呀……」

「我跟徐道長一起來的。」雖然我很佩服他的毅力，但我也不想見死不救，「我勸你還是……」

「不用擔心。」他自鳴得意，「我可是很急智的。我的小弟已經將廁所的門焊死了。小燕子不要掙扎，從了我吧～」

「是嗎？」零下不知道幾百度的聲音傳過來，那個據說「成熟穩重」的徐道長發著驚人的暴風雪，拎著何以風不知是死是活的鬼兄弟。

趁還沒砸店，我抱住徐道長的胳臂，「……饒了他吧。把店打壞了很貴……」

他面色稍霽，「也對。」徐道長坐了下來，彈了彈手指。本來還有裂痕的何以風垮了一地。「你就這麼給我爬回去吧。」徐道長獰笑。

撐著臉，我突然覺得，徐道長也不見得想得多明白。

* * *

徐道長笑我是單細胞生物，但我覺得我只是從善如流。

我覺得他說得很對啊，的確如茶回甘的思念比較好，但我也做了小小的改良。雖然他的課總是充滿醉翁之意不在酒的女生，但沒規定我不能旁聽吧？

只要跟我的課沒有衝突，我就會去旁聽。雖然不愛念書，但我認真聽了自己分內的課，因為徐道長喜歡認真的人。

雖然這樣讓我更忙，但徐道長寵溺的揉我頭髮時，我就覺得，一點都不累了。

在某個期中考後的下午，難得我的成績讓徐道長露出欣慰的笑容，我抱著他的胳臂，正在跟他講龍霸天跑來找小東小西玩，而且興致勃勃的要參加CWT的cosplay。

「哦？那他要cosplay誰？」徐道長也覺得好笑。

「就為了這個，大家吵成一團。還有人提議他cos一個女殺手……」

徐道長突然站定，他的氣息突然停滯，像是消失了一樣。我迷惑的抬頭看他，他完全沒有表情，但脈搏跳得非常非常的快。

順著他眼光看過去……我想我知道是誰了。

徐道長心目中永遠的「第一名」。

我也能夠了解，為什麼是第一名了。就算我是女生，也沒有優勢，沒得比。

這跟性別沒什麼關係。他年紀看起來大約接近四十，器宇軒昂坦蕩，眼光堅定而內斂。大約跟徐道長差不多高，肩膀厚實，穿著一領長衫。

他還沒看到徐道長，轉頭悠然的看著學校裡的羊蹄甲，落花繽紛，悠然出塵於人世之外，像是一抹浸霧山嵐。但他轉頭看到徐道長時，沈穩的走過來，像是仗劍行義的無私俠客。

徐道長大約自己也沒發現……他下意識的模仿這個「第一名」吧？

我悄悄的鬆開手臂，但徐道長完全沒發現。他依舊面無表情，躬身抱拳，「……見過師叔。」

「如劍。」師叔也回禮。

慢慢的退後，我閃過轉角，沒命似的狂奔。

你問我心底有什麼滋味，我也不知道。問我想去哪裡，事實上我也不曉得。我在校的生活真的很單純，但我又不想回宿舍哭給別人聽，更不要提社辦了。

結果我跑去後門的土地祠，一傢伙鑽在桌下，抱著頭，開始哭。像是小時候被爸媽屈打，就會跑去衣櫥躲著哭一樣。

哭著哭著，看到手上繫著的黝黑佛珠，滿腔無處發洩的怒火竄了起來，我一把扯下，就要摜個粉碎，卻被拉住了手。

「默娘，」仁王大白天化成趙子龍的模樣，「勿盲怒妄為，導致事後追悔。」

沒想到我大白天居然電力很強的看得到仁王，滿腔委屈，又不知道該怪誰，我撲在他懷裡大哭，「我不要當第二名！我不要當第二名！」

淚眼模糊中，仁王一臉尷尬的抬頭望著老大爺，老大爺清了清喉嚨，「……ㄚ頭，饒了仁王吧。讓小徐那醋販子瞧見，他不把仁王打個稀巴爛？」

「他才不希罕我！」我乾脆撒潑，「他滿心只有他那個第一名的師叔……」

「……老魔，別裝死！」老大爺將躲在後頭喝茶的老魔先生推出來，「這才是你拿手的。你當年無法無天的時候，拐過多少女孩子……交給你交給你……」

「關我什麼事情！」老魔叫了起來，「那又沒半個是我心頭肉！小徐也是枉費啦，花盡心血，看得比性命還重，結果一點小錯兒都不算，醋缸打翻就不希罕啦。我還想勸他換個心頭肉呢，你還交給我？」

「你說徐道長怎麼樣？」我完全忘記要敬重神明（呃，大魔），撲上去揪著衣角，「他怎麼了？」

「誰讓你說這個！」老大爺用力推老魔先生，「小徐千交代萬交代……」

「又不是砸我香火。」老魔先生老神在在，「丫頭，妳當手上的佛珠就輕易綁魂？小徐本就是祝融乩身，只是挨了罰。祝融本來要原諒他了，他自請再罰十年，就求祝融賞點神力幫妳綁魂。他這種結仇結到天不吐去的人，沒了乩身妳想過怎麼捱？是祝融可憐他一片苦情，明裡暗裡幫他料理大咖的，不然活得到現在？」

「你少說兩句行不行？」老大爺吼了。

「老子看不慣這種唧唧哼哼的死丫頭！」老魔先生也冒火了。

一言不和，大打出手，我坐在仁王懷裡，看著一神一魔扯頭髮、拔鬍子，打得滿地生塵。

正看得發愣，我又驀然的被抓起來。徐道長眼睛幾乎冒出火苗，「……仁王，你的金身住膩了麼？需要我幫你換一個？」

仁王舉手表示投降，一溜煙的逃進金身裡頭去。

他把我抓出去，怒氣沖沖的。但我掙開來。他先是愣了一下，又抓我的手臂，我又掙開。

再抓，我就再掙。他本來就不是脾氣很好的人，這下子連太陽穴的青筋都在跳動。

最後我們動上手了，越打越上手，越打越動真火，看他只守不攻，我更生氣了，正想給他連環踢，但他閃身格擋的時候，黝黑的佛珠映著夕陽閃閃發光。

一陣心酸，我硬生生停住攻勢，他招式用老，來不及住手，一記推手將我推飛了出去。

他的確是很厲害的，大約是校園憑體術可以打贏我的人。

「小燕子！」他奔過來抱住我，「天啊……」

他的心，跳得好快好快。

我倒不是痛到哭，但眼淚就是停不住。「……你、你幹嘛……你給我佛珠的時候，我們又還沒在一起。」

他沒回答問題，只忙著檢查傷勢。其實頂多有點瘀血吧？但他還是緊緊抱住我，「對不起。」

「我不要對不起！」我在他懷裡發起脾氣，「回答我！」

他氣息不勻，眼睛不知道往哪擺。「……那時候，我早已動心。」

「多早啊!?」我哭叫。

「……妳第一次離魂來我身邊時。」他抱緊我，「我想說服自己的，但徒勞無功。對不起，對不起……」

我抱著他哇哇大哭。這個可惡的人，自己煩惱那麼久，真的笨得讓人不知道該說什麼。

若是我和徐道長分開了，將來跟我在一起的人真是倒楣透頂。不管我多喜歡他，徐道長就是會緊緊的霸占第一個位置，我真恨我們這種個性。

醋勁這麼大，但又死都不能放手。該怎麼辦才好？怎麼辦才好呀？

後來徐道長背我回教職員宿舍，雖然我實在沒受什麼傷。

「會被看到吧？」我悶悶的趴在他背上。

他揚了揚一張符。

當道士還真方便，雖然趕不上隱身符，但也讓人印象極度不深刻。

擁抱了很久，誰都沒講話。

「明天，」他打破沈寂，「師叔請我們吃飯。」

「……我不要去。」我把臉埋在他頸窩。

「他一直對我無意。」他輕輕的說。

「不是他的問題。」我的眼淚又掉下來。

「是我的問題。」他坦承，「但我可以忍耐失去他，卻無法忍耐失去妳。我不會謊稱把他忘個乾乾淨淨，但我絕對不要失去妳。」

……我真是他媽的好打發。

也可能是，我們在情感這方面非常相像，我了解他的痛楚。我出生得太晚，這也是沒辦法的事情。

那晚，我睡在徐道長的房裡。說是睡……但真的睡眠的時間並不多。

感想？哈哈……（轉頭）

我一直覺得我體能很好，但事實上，我錯了。半夜我想去洗手間，是用爬著進去的。沖澡的時候，我兩腿發抖的扶著牆，還差點順著牆滑下來。

但我回去睡，迷迷糊糊的徐道長摸到我，給了一個熱情無比的吻……嗯，又不用睡了。

「……你是用房中術充面子嗎？」我奄奄一息的問。

「不是。」他用鼻子在我頸際摩挲，「只是想更接近妳，霽月。」

就是知道他連甜言蜜語都是真心誠意的，所以我完蛋的很甘願。

第二天，徐道長精神奕奕，但我像是淹死的白菜。我終於發現，「傲人的體能」和「超人的體能」，有多遙遠的差距。

他幫我穿衣服、鞋子，梳頭髮。我覺得我像是大病一場。

「你老實說，」我被他抱去開車的時候，我氣如游絲的問，「你是不是對我行什麼採補術？」

「沒有，」他笑得真是邪惡，「妳沒事的，只是運動過度。」

我想翻白眼。

師叔這次來，是被鷟霞道長逼著來的。據說鷟霞道長雖然收了幾個弟子，都不滿意，卻對我青眼有加。

我客氣的回絕了。清了清喉嚨，「我已經有害我運動過度的男人了，不符合她老人家的期望。」

師叔睜大眼睛，徐道長臉紅過耳。「……小燕子是我的女人。」

師叔別開臉，看得出來他用極大的修為在忍笑。

臨別時，我想走開讓他們講幾句話，但徐道長扭著我的手指，不給我走。

「看你過得很好，我放心多了。」師叔伸出手。

徐道長輕笑了一聲，目光柔和的看了我一眼，「她若愛念書點就好了。」也伸出手，和師叔重重握了握。

回到車上，徐道長鬆了口大氣。「還是小燕子的皮膚摸起來比較好。」

我拿面紙盒丟他的頭。

「目無尊長！」他開罵了。

「害我全身腰痠背痛的人還什麼尊不尊長?!」我累積已久的怒火爆發了。

「好吧，那就不用什麼尊長了。」他冷冷的笑，「回去繼續鍛鍊吧。」他把油門踩到底。

……我突然竄起一股惡寒。

之十四 高峰會議

徐道長是那種「三年不開張，開張吃三年」（？）那種人。

我知道這個比喻不恰當，但我腦子不太好使，大家都知道。

我們頭回「大功告成」，跟盧柏師叔吃完午飯，剛好是週五下午。我一直到禮拜一早上，才像是乾燥蔬菜一樣被徐道長扛回宿舍。

反觀他老大，神采飛揚、精神奕奕。像是在汽車旅館滾過一整個大小週末和假日，不過是等閒之事。

「你的招數……」我氣息微弱的問，「是不是港漫學來的？」

他居然打我的頭，讓我很悲傷。

幸好他發動起來驚天動地，週期起碼也相隔兩、三個月。不然不是我英年早逝，就是因為他嘲笑我體能太差而讓我萌生殺夫之意。

但我們是住在一起了。

雖然住在宿舍方便又便宜，但他堅持如此，我也就乖乖隨他搬到山下。

如果你想說這樣就可以充滿玫瑰色般夢幻和激情浪漫，像我們不成器的社員畫的同人漫……

那只能說你想太多了。

即使我們親密到這種程度了，回家第一件事情是坐在書桌前，他批改作業或看些可疑的公文，盯著我寫作業報告或念書。他罵我依舊毫不留情，偶爾還要表演暴跳如雷。

我也不是好相與的，他罵一句我頂一句。

等到了吃飯時間，又恩怨放兩旁，他的廚藝實在令人不敢恭維，所以是我主廚。但掃地拖地洗碗是他的工作，我還看過他拿舊牙刷認真的刷水龍頭旁的細縫，只能說歎為觀止。

吃過飯又是他追加的功課。他突然對我的語文能力非常關心，每天都有英文對話課。這堂私人課程我上得非常不愉快，卻不得不學。因為沒過關，他會跑去客房睡。

我只能說他很明白我的弱點在哪。

除了他可怕的發動期，窩在他懷裡睡覺真是我最期待的事情。我都會搶著先洗澡，好可以窩在床上看他擦乾凌亂的頭髮，在我面前大方的換睡衣，然後在床上看一會兒書，我半睡半醒的窩在他懷裡。

「好，安靜一點。讓我靜心一下。」他會這樣說。

「今天你是狼人還柳下惠？」我往往會這樣問。

「柳下惠。」他會輕笑，攬著我，然後入定。

我也會跟著閉上眼睛，然後睡到流口水。

但大約五點多就會被他挖起床，瞌睡兮兮的隨他出去打拳練功。除了語言能力，他又意外的關心我對武學的領悟。這方面他實在非常溢美，不但傾囊相授，還再三講解內功心法，進度盯得很緊。

其實我們的生活實在很規律又無聊。雖然我自己不覺得啦。但奇怪的是，那些魔族真的又宅又腐，數度試圖偷拍闖關，然後被禁制燒個半死。每天我去上學的時候，看到誰突然燙了個爆炸頭，就知道昨天誰來撞禁制了。

奇怪是，他們樂此不疲，越挫越勇。

一直到暑假過後，他們才比較收斂。我意識到，魔族的年度大事近了。但徐道長不告訴我確實的日期和地點，我只知道他常常送我回家以後，又往往要忙到很晚才回來。

自從我搬下山之後，就交給小東小西去巡邏。他們倆倒是作得很好，但被學生投訴太吵。

暑假過了以後，我就扶額頭疼該讓誰去巡邏。

三劍客同心協力的邁向大七，葉勤學長和雅意學姊為了要考研究所，延畢一年。明年若運氣好，他們都能畢業，那社團就剩下我和小東小西……以及冥府的閻玄日和那票魔族。

從新生裡頭找到新血是很重要的。但我晃來晃去，就是找不到天賦適合的。

但雅意學姊卻很興奮的說，她找到兩個願意加入的新生。

我興沖沖的去看……差點昏倒。這對自稱唐纏、唐繞的姊妹花，為什麼發出那麼微乎其微的腥味……

正希望是我鼻子失靈的時候，閻玄日冷冷的說，「蛇妖修行不易，何必來送死？」

……我的鼻子沒有失靈。

「難道！」唐纏熱淚盈眶，「身為蛇妖就是我等原罪?!呔呀呀！繞妹呀～」、「纏姊！」、「繞妹！身世凋零若此啊～」她們交握一手，齊齊比蓮花指。

……妳們洩漏年紀了，這兩位小姐。

「妳們起碼也一、兩百歲了吧？」我臉都黑了，「還來上什麼大學？」

「妳怎麼知道？」她們兩個花容失色，但又不肯放棄。給我表演旋轉倒地，泣訴她們多麼仰慕沈默的……cosplay和同人誌。

「妖怪就沒有人權嗎？就不可以喜歡動漫畫和維持正義嗎？」她們倆交握雙手，還唱了一段我聽不懂的國劇。

……就是收不到人類的學生。我真的好悲哀。

仔細考慮過後，我決定，把棒子交給閻玄日和昊誾。這個決定看似荒唐，但是我想得到最好的辦法。

閻玄日是冥府使者，昊誾似乎是接任老魔先生的此地魔界領主。但他們都是蓮護大學的學生，甚至比我的學姊長們都值得信賴。既然兩屆新生都沒有適合的人類，我看不出來為什麼不能交給他們。

（反正連兩隻蛇妖都收進來了，還有什麼不可以啊？）

我以為他們兩個不想接，結果是兩個爭著接，再三強調只要自己就可以，不需要對方那一個。

「一起巡邏。」我冷冷的各瞪一眼。

這對勢如水火的學弟妹互瞪一眼，怒氣騰騰的接下了胸針，跟在我後面聽我講解學校的禁制和風水陣。只帶了兩天，他們就比我還懂了，巡邏也一直很順利。

唯一的後遺症是，他們往往好好的去，滿臉滿身是傷的回來，不斷吵著胸針該別在誰身上。

我是不太在乎傳承的對象是不是人類。反正在我們又宅又腐的社團裡面，不管是眾生還是人類，腦袋的黑洞都有志一同的大。我早就放棄掙扎了。

唯一有意見的是徐道長。他忙成那樣，知道了以後還是勃然大怒。等他訓話了十分鐘，我交叉著雙手，「我是沈默祕密結社的頭頭喔。」

我是頭頭，本來就可以決定傳承。而徐道長是社團老師，各有所司。

「哼。」他氣得別開頭，卻沒再囉唆了。

「非我族類，不一定其心必異啊。」我繞到他前面。

他又把頭轉開，居然有點賭氣，「好啦好啦，妳長大了，翅膀硬了……不聽我的了。」

「……我永遠是你的霽月啊，徐道長。」我把臉貼在他的胳臂。

他的氣比較消了。「都在一起這麼久了，還徐道長。偶爾也叫叫我的真名。」

我的臉紅了起來，「那、那個，你的仇家多，我怕不小心被聽到……」事實上，喊他名字……我覺得比「大功告成」還害羞。

「是嗎？」他露出有點邪惡的笑，「但是妳在……」他湊在我耳邊低語，「……的時候，可是會喊我神獄呢。」

「……閉嘴！」我的臉大約點火可以燃燒了，「才沒有！」

「那下回我要記得錄音。」

我慌張了，「你敢！」我對著他亂捶亂打，「不可以不可以……」

他大笑的抱住我，「但我很喜歡喔，霽月。」

……又來這招。這招對我真是百試百靈，掛保證書的。

就在四月底的某天，冥玄日和昊闇雙雙來請假，說有點事情要請假一天。

我當然不會懷疑他們倆請假去約會，他們不要請假去決鬥就好了。「好，我知道了。」

雖然說一天不巡邏也沒關係……尤其小東小西兩個去試演會，那些捨不得畢業的學長學姊又特別不靠譜。

但我也很久沒巡邏了不是嗎？徐道長今天也說他有事不回家，叮嚀囑咐我讓警衛室幫我叫計程車。

於是我扛著徐道長送我的掃帚，沿著熟悉的巡邏路線。閻玄日和昊闇雖然常常互毆。但他們真的把禁制和風水石顧得好好的，我突然有種「老懷欣慰」的感覺。

我真的很喜歡這個學校。雖然發生那麼多讓人無奈又白痴的事情，但我也是在這裡遇到徐道長。

幸好是來這兒念書，又有這種若有似無的天賦。不然像我這種人，要喜歡到這麼全心全意的對象……恐怕很難。說不定真的要孤老終身。

我很喜歡所有的人，喜歡這個學校，特別是徐道長。

巡邏了大半個校園，我站在活動中心前面。奇怪怎麼燈火通明？我看了看表，都快十二點了。

走到門口，我有種微妙的，不想進去的感覺。但我推門以後，那種感覺就消失了。

但我沒想到，這麼晚的時刻，會在活動中心舉辦cosplay大會……大概吧？

奇裝異服，什麼朝代都有。中西合璧，還有些風格我看不出來。但他們卻圍坐在一張巨大的圓桌之前，每張椅子後面都有站著的人，像是在開什麼會議。

我走進來，幾乎所有的人都在看我，我也莫名其妙。

讓我吃驚的是，穿著燕尾服的徐道長，匆匆離座，將我拽到一邊，低聲的問，「妳怎麼會來這裡？妳怎麼進得來……」他看到我的佛珠，低低呻吟一聲，「老天，百密一疏……這個笨禁制……快走！」

「徐先生，怎麼會有閒雜人等？」一個容長臉孔，漂亮的男人撐著沒有血色的手。

「……這是我的未婚妻。」徐道長沈穩的回答。

「也是沈默的現任頭目。」另一個陌生人冷笑的說。

席上亂了起來，嗡嗡作響。

「一個小孩子罷了，亂什麼？這就是魔族風範？」首席的男人美到慘絕人寰，但我卻覺得非常眼熟……如果把他裝上鬍子……懶散頹唐一些……

老魔先生?!

只見他氣定神閒的指揮，「小徐，你們感情好就算了，連開會都要來探班？閃給誰看呢？快帶去你的位置上吧。」

我渾渾噩噩的被徐道長拖到他位置上，低聲吩咐我，「站好，別出聲。」

……誰來告訴我，這是一場夢？

我抬眼，看到閻玄日張大了嘴看著我，她旁邊坐著同樣呆若木雞的昊閶。

原來這就是他們請假的原因。

「……我想回家。」我小聲的跟徐道長說。

「閉嘴。」他小聲的回我，「掃帚放桌子下面！」

……我為什麼會被捲進來啊?!為什麼？

一開始，我緊張的幾乎休克。連與會人士說些什麼都聽不懂……但最初的慌張過去以後……

我發現他們都說中文。==

想想也是，主辦單位算是這小島的靈寶派門人，老魔又是此地大魔。基於尊重當地國的根本上，說中文是應該的。大部分的與會魔族都會說中文，雖然南腔北調，有的跟嘴裡含滷蛋一樣。即使不會講中文的魔族也帶著翻譯人員。

我不知道這是不是一種宿命，不管大會小會，都會無好會，非常一致性的無聊和鬼打牆。

聽了一會兒，這會議其實很簡單，就是有一小半的魔族代表決議擁戴殛翼殿下（老魔先生）繼任下任的魔王，但大半的魔族代表不滿意。

於是就開始戰血統、戰功績，後來開始戰誰把人間弄得夠災難，人間百魔倒是意外的團結，極度不樂意那些來他們領地亂來還敢誇耀的。一來二去，就開始拍桌子怒吼，開始戰殺過的敵手數量。

我想是吹牛大賽吧。照他們講的那個規模，三界六道早爆炸三百遍有找。

原本以為老魔先生只是支著頤無啥作為，但我漸漸發現他是狠角色。下面吵到幾乎打起來，他幾句冷冰冰的譏諷就可以鎮壓場面，轉移注意力、模糊焦點，又不讓人發現他正在主導會議，實在很了不起。

開頭一個鐘頭還新鮮，第二個鐘頭就開始鬼打牆，第三個鐘頭大家就把不知道是真是假的數據拿出來互相爭辯。還有人解釋族譜，試圖說明他也有繼任的權力。

超過我的睡眠時間實在太多了。

不知道我打了第幾個呵欠，終於有個插曲把我驚醒了。

老魔先生冷冷的說幾句唧嚕咕嚕，他不甚高的聲音卻壓過全場。所有的人（？）都安靜下來，目光集中在一個翻譯身上。

笑了一聲，卻毫無歡意。老魔先生淡淡的用中文說，「咱們用地主的話兒溝通，也免得戰語言問題。翻譯的就好好翻譯，別欺負本王離鄉已遠，不曉講了。區區焰魔語，還不在本王眼底。翻譯幹不好沒關係，挑起爭端，欺騙主子，什麼道理？」

那個翻譯嚇得渾身發抖，跪地不停磕頭。老魔神色不變，朝翻譯旁那個戴斗篷的男人講了幾句，那男人抬起橫著一條大疤的臉孔，淡淡一笑，突然張開布滿利齒的大口，把那翻譯塞入嘴裡。

與會魔族一片鼓譟歡呼，徐道長站起來，遮住我閉不起來的眼睛。「別看。」他低聲，「這就是魔族的行事。若是他們被血腥刺激過度……引起食欲，那就麻煩了。萬一出了什麼事情……妳往門口逃，絕對不要回頭。」

其實害不害怕呢？坦白講，太荒謬了。我好像在看電影，反而沒有實感。但我還是狠狠地點頭，渾渾噩噩的說，「……我愛你。」

「妳嚇傻啦？」徐道長卻趁亂抱著我的腰，「……我也是。」

哇，名符其實的趁亂告白。

「老葛，」老魔先生皮笑肉不笑的朝他副座的魔說，「怎麼幾百年沒回魔界，墮落到只知道吃？還是來這兒的不是高貴的魔族，而是餓鬼道那群雜鬼？最好是這樣，不然在冥府和地主面前，真丟臉丟透了。」

他這話一傳出去，整個大會漸漸安靜下來，不少人對他怒目而視，也有人露出讚賞的笑容，更多的卻是一臉的看好戲。

剛吃掉翻譯的有疤男人，換了一個戰戰兢兢，渾身發抖的翻譯。他縮著腦袋聽主子說話，顫聲說，「焦爔大人說，既然談不出個結果，不如聽聽冥府和地主的意見……局外人說不定看得比我們清楚。」

「哦，這些年焦熾倒是長進很多。」老魔淡淡一笑，「冥府使者？」

閻玄日露出一個陰森森的笑容，「冥府的態度一直相同，魔界不可群龍無首，更不要趁亂侵犯我冥府邊界。」

就是打太極拳嘛。其實什麼大事呢？在這裡的每個魔族老實講，都想當頭。那還不簡單，大家輪流嘛。其實這個想法有人提出來，還提議選舉，但馬上沈寂下來。理由就出在投票年齡難以訂定和容易舞弊。

但又不是只有選舉……

「小燕子！」我被徐道長一扯，這才清醒過來。發現在會的人都在看我，我一整個心虛，像是上課被點名，卻找不到課本。

「……什麼？」我小聲的問。

「問妳對魔界的事情有什麼提議！」他嚴厲而細聲的說，「剛問完我，他們堅持要聽聽沈默的意見！」

搔了搔頭，「皇帝輪流當，明年到我家？」

不說老魔先生瞪著我看，聽了翻譯的解說，焦熾大人也瞪過來了。被這麼多人看，我突然冷汗直流。

「沈默的默娘，」老魔先生交疊雙手，「妳說明妳的意見吧。」

「……我想大家都是那麼厲害，一拳打爆星球的人物，」我繃緊頭皮，「文治武功蓋世……那，乾脆辦個武鬥會好了，勝者為王啊，比打仗省錢。」

閻玄日和昊誾一起瞪我，他們這對死對頭居然交握雙手，誇張的用嘴型問我是不是《幽遊白書》。

乾笑一聲，我很輕很輕的點了點頭。

我的確很缺乏創意。

沈寂了片刻的會場，又爆炸起來，好幾個人跳起來罵我「妖言惑眾」、「視若兒戲」。

「你們自己要問人家意見，做與不做，都在我們，吵什麼吵？」老魔先生一臉厭煩，「焦熾，你覺得怎麼樣？」

焦熾大人仰天大笑，又沈下臉孔。他冷冷說了幾句，翻譯趕緊說，「焦熾大人說，小賤婢好個借刀殺人，是否與冥府勾結？若辦這個啥勞子武鬥大會，除了魔王一人，尚有誰存活？國內高手盡去，倒趁了外敵之意！」

我那種該死的護短個性又爬起來，說我們家閻玄日暗藏鬼胎！

「那還打個屁啊！」我不管徐道長拚命扯我，「是要爭出一個王，又不是要五窮六絕！打死人當然容易，一個王只知道殺殺殺，算什麼王啊？死到剩他一個，統治國內的蟑螂喔？當然是不能打死人，打死人就剝除與賽資格啊。這麼簡單的防弊還要我教？最少也去看看《幽遊白書》……」我說溜了嘴，恨不得把舌頭給咬掉。

我在沈默這些年，雖然像是先天帶著防腐劑，沒被污染，但也讓三劍客強塞了幾部經典看。《幽遊白書》就是這樣看來的。

我悄悄的回頭，徐道長的臉孔黑到不能再黑。我猜他除了港漫……可能也看過那部經典。

更讓我扁眼的是，老魔先生帶著一臉好笑的望著我，我猜……他也看過。

但讓我更想抱頭大叫的是，「這個提議很有趣，果然旁觀者清。老葛，」他喚著副手，「列入臨時動議。」

「這太兒戲了！」有人站起來大叫。

「泗橫，你是覺得你打不上去是吧？」老魔先生淡淡的說。

「誰說的？」那人立刻羞紅了臉。

「我附議。」老魔先生率先舉手。閻玄日用手肘惡狠狠的撞呆掉的昊闇，他大夢初醒，興奮莫名（？）的舉手，「我也附議。」

第三個舉手的，居然是聽完翻譯後的焦煅。

魔族果然七情六欲比人類強烈，所謂輸人不輸陣，最怕人譏膽小。

這個出自漫畫的白痴臨時動議，居然通過了。

魔族看待我的眼光不再是食物的垂涎，而是充滿尊敬。我想他們之前的生活真是孤寂無聊到荒蕪沙漠的地步，才會覺得這個提議「有創意」。

散會後，我呆呆的從桌子底下扛出掃帚，和扶著額的徐道長，護送老魔先生到休息室。

一等門關上，原本美到慘絕人寰的老魔先生大大的吐口氣，立刻彎腰駝背，臉孔整個放鬆，美貌度立刻下降五十個百分點，差點把我嚇死。

「上百年沒撐這種美貌了，受不了……」他往沙發一躺，一面做出各式各樣的表情舒緩臉部肌肉。

……原來美貌還可以用撐的啊?!

「ㄚ頭，幹得好？」他擠擠眼睛。

屁啦！這根本亂七八糟！

「老魔先生，」我真的整個納悶，「你去哪兒看《幽遊白書》的？」徐道長我就不想問了。

「你不知道要考試的時候，你家社員會偷偷拿漫畫來拜拜嗎？」他睜大眼睛看我，「老土地背著我偷看，我也背著他偷看，還不錯欸，很好笑。」

……你們到底是想污染到哪去？這些有毒的傢伙!?難道三界六道都得遭你們毒手嗎？有沒有這麼倒楣啊我的天……

回去以後，在會場和我互相趁亂告白的徐道長，把我壓在膝蓋上狠狠打了十下屁股。

「魔界都是吃人不吐骨頭的凶殘之輩！心眼特別小，又愛記恨！」他吼得我耳朵嗡嗡響，「武鬥會難免死傷，萬一通通算到妳腦袋上面怎麼辦？妳大腦的線到底有沒有接好……」

其實我也很想知道。「不要打我屁股！打爛了也追悔莫及……反正你仇家本來就多了，又不欠我這幾隻……」

不說還好，說了又追加五下。

不過，最少魔族都興沖沖的回去準備那個什麼武鬥大會了，算是解除了這次的危機。

老魔先生把昊闇留下來代管領地，也說要回去鬆鬆筋骨。臨行前，還跟我要了整套《幽遊白書》的動畫，說要當作武鬥籌備會的參考資料。

「……你確定嗎？」我真的不想當這個罪人。

「拿來。」他不想跟我囉唆。

等昊闇跟我說，那部動畫很快的風靡全魔界，其他動漫畫也紛紛「平行輸入」，他做這幫生意賺翻天，還得找閻玄日和其他社員幫忙時……

我覺得我真是魔界的千古罪人。

之十五　行行復行行

高峰會議告一段落，紛紛擾擾的餘波蕩漾。忙碌之後，寒假馬上在眼前了。

但徐道長開始收拾東西。

他本來就是為了魔界高峰會議才到學校當老師的，任務達成，他說，師門積壓了太多案件，加上他師父舊客戶的再三求懇，不能再拖了。

這學期結束，他就要離開學校。

「我房租繳到妳大學畢業。」他握著我的手，「我買部機車給妳代步好了……我會每個月盡量找一天回來看妳，妳功課也不要放下……」

我從來沒想過這件事情。他當然不可能每天待在我身邊，上下班什麼的，他留在學校只是暫時的。

「小燕子？」他擔心的摸我的頭髮。

「我知道了。」咕噥一聲，我滿懷心事的提起一袋小說，「我去租書店。」

其實那袋小說我都還沒有看。但我想出去走一走，吹吹風。

徐道長要離開我了。

其實他也不是要跟我分手，只是他的工作就是這樣。我在跟他交往之前就知道了……但我心情非常低落。

我能夠忍耐每個月見他一次，其他二十九或三十天都在思念嗎？

我發現，我根本連想像都拒絕去想像。剛觸及我就毛骨悚然。

無法想像，真的。

其實他也沒那麼好啊，老把我當小孩子，罵我罵個不停。生氣起來，我們兩個還會對打，他下手也不太留情。不對，是他下手留情會讓我氣個半死，打更久。而且每次他都是先投降那個，「好了好了，打什麼打，莫名其妙。妳剛剛那招手勢不對……」

我就這麼被他轉移注意力，本來在打架，最後變成研究武功，又什麼事情都沒有了。我好習慣眼睛跟著他轉，都看這麼久，也該看膩了吧？但我看不膩，總是很垂涎。

他染過一次頭髮，我氣得暴跳。他染完頭髮，比三劍客看起來還年輕。那天他又起得遲了，來不及燙衣服，匆匆拉了T恤和牛仔褲穿了就拉我跑，那天我都得忍住戳瞎每個女生眼睛的衝動。

他是我的。

但我也不能太幼稚，對嗎？難道要哭哭啼啼求他留下嗎？然後還要抱大腿？別蠢了。他有他的事情要做，我還要念書。

我竭盡全力裝得若無其事，每天還是隨他去學校。甚至刻意離他遠一點，不那麼黏，我不想讓他太擔心。

但我越來越常發呆。看著吵吵鬧鬧的社辦。學長和學姊不知道在歡度他們幾週年交往，還很慎重的交換戒指。

我突然煩躁起來，悄悄的出去，漫無目的的在校園散步。

一轉彎，閻玄日和昊闇正在吵架。兩個同時住口，閻玄日把臉一別，「……吃不完，送你吧。」就把個包裝得很精美的盒子推給昊闇。

昊闇打開盒子，看著裡頭的巧克力臉紅，「……一起吃吧。」他自己塞了一個，又拿了一個遞在閻玄日的嘴邊。閻玄日白皙的臉孔透霞暈，閉著眼睛張嘴吃了。

……我很羨慕他們，說真的。雖然真的是羅密歐與茱麗葉……但他們歲月久遠，有很多時間可以浪費。

我跟徐道長都是人類。雖說徐道長年紀比我大那麼多，但他是修道人，恐怕比我長壽。

眼前生離已然太苦，將來死別怎麼忍耐？

我將手插在口袋裡，轉身走入冷風瑟瑟的校園，心底打了一千個愁結，解都解不開。

到徐道長要走的前天晚上，我蜷縮在他懷裡，意志消沈到什麼話都不想說。他只是輕輕撫我的背，我知道他也捨不得我。

但我還是睡著了，還做了惡夢。

我夢見我們漸行漸遠，最後我熬不住孤獨，跟一個很像徐道長的學長在一起，很安穩平靜，卻活得像是行屍走肉。

我的心明明在跳，但卻動也不動。

最後我掙扎著醒過來，恐慌得非常乾渴。他側身闔目穩睡，一隻手護著我，鬢邊的白髮很惹眼。

我輕輕的用指腹在他臉上試圖記憶所有的線條，但眼底卻滾出一滴淚。

或許再二十年、三十年，我也可以忘記他，然後愛上別人。但我怕就算用了雙倍的時間，花了幾百倍的努力，恐怕也沒辦法如此刻般愛一個人。

我把臉埋在他的胸膛。

離別的時刻到了。

他提起行李，把我的頭髮弄得很亂很亂，「再見。」

等他轉身下樓，我終於淚下。「慢著！」我淒厲的叫，「帶我走！」

我蹲了下來，摀住臉。我是個完全的混帳。爸媽養我這麼大，我卻連大學都念不完，一天也沒回報過他們。

一心一意只想跟男人走，棄家人父母於不顧……真是對不起。

但我想，徐道長還是會走吧？他也不知道我下多大的決心。或許……覺得只是小孩子鬧脾氣。

我哭得好厲害，連呼吸都有點痛。但徐道長在我面前站定，也跟著蹲下來，「……

我等妳這句，等了很久很久。」

我沒細想，就撲進他懷裡，把眼淚鼻涕都糊在他衣服上。

等我以後想清楚，才忍不住勃然大怒。但那時都在飛機上了，我又不能無跳傘跳機。

趁我糊裡糊塗的時候，他火速帶我回台北，跟我爸媽求親。充滿歉意的說，他實在捨不得，只好把我帶去國外生活，學校的課業只好先辦休學了。

我爸媽大約嚇到了，但爺爺作主讓我嫁了。我那時還陷入離別的恐慌，連婚紗都不要，直接公證結婚。

也是公證的時候，老爸才知道徐道長的年紀。爺爺很平靜，媽媽也還鎮定，但我爸昏倒了。

之後徐道長喊我爸的時候，我爸臉孔都會一陣扭曲，只差沒有掩面偷泣。

我就這麼傻呼呼的，跟表面正經嚴肅，其實超級腹黑的傢伙走了。

等我冷靜下來，想清楚前因後果，我臉色大變的揪住他的前襟，從牙縫擠出話來，

「……你布這個局，到底布多久了？」

他倒是很坦然，「從教妳英文對話開始。」

我猜我臉孔因為血液過度集中，所以發黑了。「……你不會直接求婚嗎?!」

他將眼睛別開，「有威逼之虞。」

威你媽啦！

「我要離婚！」我真的快氣死了，這傢伙……為了把我拐走，讓我白白難過那麼久，還讓我咬牙放棄學業和家人。

「由不得妳喔。」他露出邪惡的笑，「來不及了，霽月……」

趁我中招的時候，他吻了我。

我為什麼會愛上這種腹黑到極點的傢伙?!

之後我才知道，連他熱心教我武學，都是有目的的。我雖然不適合修煉，但很適合練武。他在設法延長我的「使用期限」。

我會不會一輩子都被這個表裡不一的傢伙吃得死死的？我很納悶。

（全文完）

雞飛狗跳的超經典墓仔埔校園求生日常！
想知道初代沈默的靈異記事就看這裡！

荒厄

卷一

定價 240 元

鮮美唐僧肉 VS. 靈異少女＋傳說妖怪戾鳥荒厄
倒楣的管區土地公真能保持祂完美的零自殺紀錄嗎！？

令人期待的大學生活，在第一天踏進校園的剎那就擊沈了蘅芷——這所名為「蓮護」的新大學，根本就是群魔亂舞的夜總會大本營啊！才在可愛室友的捍衛照顧下打起精神，出現在眼前的「唐僧肉」唐晨同學又讓她瞬間枯萎。在土地公老大爺的威逼之下，硬扛起保護唐晨的人身安全之外，又三不五時被不要命的白目同學連累、跟妖怪老魔談判、應付唐晨的母獅女友、解救蛟龍……就算有巫婆提供後援，但這種見鬼如喝水，受傷如吃飯的大學生涯，真的能平安迎接畢業那天的到來嗎？

荒厄

卷二

定價 240 元

看大俠蘅芷如何從強敵環伺中，
含淚救出靈氣可人的美味小唐晨！

大一開學一週就成了大名鼎鼎的靈異少女林默娘，蘅芷的生涯規劃從原本預計的平凡貧窮大學生，變成專職的都統領巫＋兼職大學生。大二還沒開學，就被撿到的蛟龍龍氣沖撞得起不了床，身邊樂天不知命的唐晨也跟著添亂子；班遊撿敗神、失戀放元神，連做個捕夢網都能惹上裝神弄鬼的桃花債！聲名遠播的蘅芷和修為漸增的荒厄，接的案子越來越大，校長都來高薪委託成立靈異處理班了。但這回難度未免太高，哪家辦事的替神明招過親、說過媒啊！？向著見鬼人生金字塔頂狂飆而去的蘅芷，真的有命活到順利畢業的那天嗎？

荒厄

卷三

定價 240 元

我一定會平安活過三年級的。加油加油加油。蘅芷積極的給自己打氣。
「活是活得過啦，平安就……」荒厄凝重的搖搖頭。

正式被世伯收為弟子的蘅芷，救了惹上厲鬼的玉錚女王之後，就被拖到唐晨家作客過暑假了。在這個吵鬧破病又笑又哭的暑假，蘅芷不自在的混在平凡人的日常生活中，一起運動健身、與手帕交討論服裝打扮，與意外相見的生母了卻緣分，在陽明山被妖鬼飆車族追殺，又被大樹公和月娘護著平安歸來。帶著力戰九萬北妖的金翅鵬王齊天娘娘荒厄回到校園，迎接大三。處理完唐晨的殺鬼凶器哈雷傳說，安頓好涙溼一眾人神妖鬼的仁王虎爺，期待已久的「專業人士」終於要來接手靈異處理班了！但學校卻變得更加死氣沉沉是怎麼回事……？

荒厄

卷四

定價 240 元

我的人生宛如真名一般，林間薰風，飄萍無根。
但在風之上，有隻黑霧構成、翅緣滲金的厄鳥，隨風飛翔。
荒厄就是我，我就是荒厄。那樣荒唐不可置信，卻是我生命的一部分。

火羽繚繞，霧化朦朧，修煉有成的傲嬌鳥王，終於學會化身人形，成為一個白皙美麗的少女。立志成為內外俱美的荒厄，以超級美少女之姿席捲校園，認真聽課還交作業。終於比較省心的大四生活，最大的危機卻來自久違的家庭，為了拯救背負十幾代罪業的黃阿姨，蘅芷繼生母之後拜別生父，成為真正的棄家巫。參加神佛家宴、守護校園的棒子後繼有人、換了五個攝影師才拍完靈異畢業照、三個人的墾丁遊……畢業後蘅芷依舊過著見鬼的日子，卻也漸漸順應與裡世界相處的方式，遵行著屬於自己的大道。融入人類情感的荒厄，卻在遭逢幾乎讓她崩潰的死別後，做了一個決定……這一次，既是結束，也是開始。

國家圖書館出版品預行編目資料

沈默的祕密結社 / 蝴蝶Seba著.
-- 初版.
-- 新北市 : 雅書堂文化, 2019.02
面； 公分. -- (蝴蝶館 ; 83)
ISBN 978-986-302-476-7(平裝)

857.7 108000843

蝴蝶館 83

沈默的祕密結社

作　　者／蝴蝶Seba
發 行 人／詹慶和
執行編輯／蔡竺玲
封面繪圖／古依平
執行美編／陳麗娜
美術編輯／周盈汝・韓欣恬

出版者／雅書堂文化事業有限公司
郵政劃撥帳號／18225950
戶名／雅書堂文化事業有限公司
地址／新北市板橋區板新路206號3樓
電子信箱／elegant.books@msa.hinet.net
電話／（02）8952-4078
傳真／（02）8952-4084

2019年02月初版一刷　定價280元

經銷／易可數位行銷股份有限公司
地址／新北市新店區寶橋路235巷6弄3號5樓
電話／(02)8911-0825
傳真／(02)8911-0801

Seba・蝴蝶

Seba·蝴蝶